まちがいの狂言

高橋康也

白水社

目次

まちがいの狂言

登場人物《とうじょうじんぶつ》

白草《しらくさ》の直介《なおすけ》　瀬戸内海《せとないかい》の島国《しまぐに》、白草《しらくさ》の国《くに》の商人《あきうど》
黒草《くろくさ》の石之介《いしのすけ》　直介《なおすけ》の息子《むすこ》（白草《しらくさ》の石之介《いしのすけ》と双生児《そうせいじ》・兄《あに》）今《いま》は黒草《くろくさ》の国《くに》の商人《あきうど》（二役《ふたやく》）
白草《しらくさ》の石之介《いしのすけ》　直介《なおすけ》の息子《むすこ》（黒草《くろくさ》の石之介《いしのすけ》と双生児《そうせいじ》・弟《おとうと》）兄《あに》を探《さが》し求《もと》めている（二役《ふたやく》）
黒草《くろくさ》の太郎冠者《たろうかじゃ》　黒草《くろくさ》の石之介《いしのすけ》の召使《めしつかい》（白草《しらくさ》の太郎冠者《たろうかじゃ》と双生児《そうせいじ》・兄《あに》）（二役《ふたやく》）
白草《しらくさ》の太郎冠者《たろうかじゃ》　白草《しらくさ》の石之介《いしのすけ》の召使《めしつかい》（黒草《くろくさ》の太郎冠者《たろうかじゃ》と双生児《そうせいじ》・弟《おとうと》）（二役《ふたやく》）

お熊《くま》　黒草《くろくさ》の石之介《いしのすけ》の妻《つま》
お菊《きく》　お熊《くま》の妹《いもうと》
金次郎《きんじろう》　黒草《くろくさ》の金細工師《きんざいくし》
お力《りき》　黒草《くろくさ》の石之介《いしのすけ》の家《いえ》の料理女《りょうりおんな》

藪右衛門《やぶえもん》　黒草《くろくさ》の祈禱師《きとうし》
お恵美《えみ》　黒草《くろくさ》の国《くに》の尼寺《あまでら》の庵主《あんじゅ》（実《じつ》は白草《しらくさ》の直介《なおすけ》の妻《つま》）
領主《りようしゆ》　黒草《くろくさ》の国《くに》の領主《りようしゆ》

警吏《けいり》、使《つか》ひの者《もの》など

笛《ふえ》、太鼓《たいこ》

時《とき》――（漠然《ばくぜん》と）室町時代《むろまちじだい》
所《ところ》――（漠然《ばくぜん》と）瀬戸内海沿岸《せとないかいえんがん》の小国《しようこく》、黒草《くろくさ》の国《くに》

プロローグ

ややこしや、ややこしや。
ややこしや、ややこしや。
ややこしや、ややこしや。

わたしがそなたで、そなたがわたし。
そも、わたしとは、なんぢゃいな。
ややこしや、ややこしや。
ややこしや、ややこしや。

おもてがござれば、うらがござる。
かげがござれば、ひかりがござる。
ややこしや、ややこしや。
ややこしや、ややこしや。

ひとりでふたり、ふたりでひとり。
うそがまことで、まことがうそか。
ややこしや、ややこしや。
ややこしや、ややこしや。
ややこしや、ややこしや。
（くりかえす）

ややこしや、ややこしや。

【黙劇《もくげき》】

幕《まく》から石之介《いしのすけ》の双子《ふたご》・父《ちち》・母《はは》・太郎冠者《たろうかじゃ》の双子《ふたご》が転《ころ》がり出《で》る（父《ちち》「父《ちち》」、石之介《いしのすけ》の双子《ふたご》「父《ちち》」、母《はは》「母《はは》」、石之介《いしのすけ》の双子《ふたご》「母《はは》」、父《ちち》・母《はは》「石之介《いしのすけ》」、石之介《いしのすけ》の双子《ふたご》「石之介《いしのすけ》」、父《ちち》・母《はは》「太郎冠者《たろうかじゃ》」、太郎冠者《たろうかじゃ》の双子《ふたご》「太郎冠者《たろうかじゃ》」）。

全員　ややこしや、ややこしや。（くりかえす）

囃子《はやし》。

やがて嵐《あらし》がやって来《き》て、舟《ふね》に乗《の》った人々《ひとびと》を二《ふた》つに切《き》り裂《さ》いていく。

領主　ややこしや。

第一場《だいいちば》

白草《しらくさ》の直介《なおすけ》（面《めん》なし）が幕《まく》より出《で》る。
領主《りようしゆ》と警吏《けいり》が、近《ちか》くに控《ひか》える。

白草の直介　瀬戸《せと》の海《うみ》のかなたに浮《う》かぶ白草《しらくさ》と申《もう》す島国《しまぐに》の商人《あきうど》、白草《しらくさ》の直介《なおすけ》と申《もう》す者《もの》でござる。今《いま》を去《さ》る二十数年前《にじゆうすうねんまえ》、某《それがし》ども夫婦《ふうふ》は双子《ふたご》の男子《おのこ》を授《さず》かり申《もう》したがこれが親《おや》にも見分《みわ》けがたきほどの、瓜二《うりふた》つのややこしいややこでござった。また同《おな》じころ、近隣《きんりん》のさる女《おんな》が父《てて》なし子《ご》を産《う》み落《お》としましたが、これがまたよう似《に》た双子《ふたご》の男子《おのこ》。女《おんな》は貧《まず》しゅうござったゆえ、倅《せがれ》どもの付《つ》き人《びと》に致《いた》さうと、いま一組《ひとくみ》の双子《ふたご》も引《ひ》き取《と》り育《そだ》てたのでござる。

領主　ややこしや。

黒草の民　ややこしや。

白草の直介　さて、ある日《ひ》のこと、おお呪《のろ》はしき日《ひ》よ、妻《つま》と四人《よにん》の赤子《あかご》を伴《ともな》ひ、船旅《ふなたび》に出《い》でたるところ、いかなる神《かみ》の怒《いか》りか、瀬戸《せと》の海《うみ》に凄《すさ》まじき嵐《あらし》の生《しょう》じ、船《ふね》は粉々《こなごな》に砕《くだ》けてしまうた。某《それがし》ども六人《ろくにん》、帆柱《ほばしら》にばっととりつき、荒《あら》ぶる海《うみ》に漂《ただよ》いたれども、帆柱《ほばしら》もやがて真二《まっぷた》つとなり、妻《つま》は上《うえ》の倅《せがれ》と上《うえ》の召使《めしつかい》、某《それがし》は下《した》の倅《せがれ》と下《した》の召使《めしつかい》とともに、離《はな》れ離《ばな》れに相成《あいな》り申《もう》した。

〽瓜二《うりふた》ツが　真二《まっぷた》ツに別《わか》れ　海《うみ》にておだ仏《ぶつ》　南無阿弥陀仏《なむあみだぶつ》。

黒草の民　南無阿弥陀仏《なむあみだぶつ》。

白草の直介　それより、二十余年《にじゅうよねん》、某《それがし》とともにをりましたる下《した》の倅《せがれ》が、生《い》き別《わか》れたる片割《かたわ》れ、兄《あに》をしきりに恋《こい》しがり、ついにこの五年《ごねん》ほど前《まえ》、やはり片割《かたわ》れの召使《めしつかい》を伴《とも》ない兄探《あにさが》しの旅《たび》に出《で》ましたが、これもまた消息《しょうそく》をたってござる。

〽瀬戸《せと》の海《うみ》、岩《いわ》にさかるる帆柱《ほばしら》の、割《わ》れても末《すえ》に会《あ》わんとぞ思《おも》う。

(泣《な》く)

以来《いらい》、某《それがし》は、商《あきな》いの用事《ようじ》にかこつけ、この息子《むすこ》をば探《さが》し求《もと》め、瀬戸《せと》の諸国《しょこく》を巡《めぐ》る次第《しだい》でござる。

扨《さて》このたび、ここ黒草《くろくさ》の国《くに》の港《みなと》に上陸致《じょうりくいた》しましたるところ、かねてより白草《しらくさ》の国《くに》と仲悪《なかあ》しきこの国《くに》の掟《おきて》により、たちまち捕《とら》へられ、かかる縄目《なわめ》の姿《すがた》と相成《あいな》り申《もう》した。今日《きょう》の日暮《ひぐ》れどきまでに、身代金千両《みのしろきんせんりょう》を工面致《くめんいた》すを得《え》ざるときは、打《う》ち首《くび》の刑《けい》に処《しょ》せらるべしとのおことぢゃ。

はてさて、この地《ち》には知《し》り合《あ》ひの一人《ひとり》もをらず、又《また》いかなる金策《きんさく》の望《のぞ》みもこれなく、ただただ幸薄《さちうす》きわが身《み》を嘆《なげ》くばかりでござる。(泣《な》く)

領主　ややこしや。

直介　ややこ、恋《こい》しや。

領主《りょうしゅ》、退場《たいじょう》。直介《なおすけ》、警吏《けいり》に連《つ》れられ退場《たいじょう》。黒草《くろくさ》の民達《たみたち》、退場《たいじょう》。

（第一場了《だいいちばりょう》）

第二場《だいにば》

囃子《はやし》。

黒草《くろくさ》の民達《たみたち》は、町《まち》の歩行者《ほこうしゃ》となって、忙《いそが》しげに往来《おうらい》しはじめる。

黒草の民　ややこしや。

白草《しらくさ》の石之介《いしのすけ》と太郎冠者《たろうかじゃ》、登場《とうじょう》。

白草の石之介　是《これ》は白草《しらくさ》。是《これ》ははるか海《うみ》の彼方《かなた》、白草《しらくさ》の島《しま》に住《す》む石之介《いしのすけ》と申《もう》す者《もの》でござる。初《はじ》めて訪《おとず》れたこの黒草《くろくさ》の国《くに》。これはわが白草《しらくさ》の国《くに》とは仲《なか》たがいの国《くに》にて、白草《しらくさ》の者《もの》と見破《みやぶ》らるればたちまち逮捕《たいほ》、処刑《しょけい》とのおことぢゃ。えーままよ、しばらくはこの町《まち》にまぎれ込《こ》まうと存《ぞん》ずる。太郎冠者《たろうかじゃ》、あるか。

白草の太郎冠者　はぁー。お前《まえ》に。

白草の石之介　念《ねん》のう早《はや》かった。この財布《さいふ》のうちに千両《せんりょう》ある。汝《なんじ》はこれをもって、かねて約定《やくじょう》したる旅籠《はたご》へ行《ゆ》き預《あず》けてまいれ。

白草の太郎冠者　畏《かしこ》まってござる。

白草の石之介　その間《あいだ》に某《それがし》は市場《いちば》を見物致《けんぶついた》すとせう。

白草の太郎冠者　ようござりませう。（巾着《きんちゃく》を振《ふ》ってみて）ざっくざく。これだけのお宝《たから》は手《て》にしたことがない。

白草の石之介　早《はよ》う行《い》け。

白草の太郎冠者　心得《こころえ》ました。ざっくざく、ざっくざく……。

白草《しらくさ》の太《た》郎《ろう》冠《か》者《じゃ》、退場《たいじょう》。

白草の石之介　某《それがし》、幼《おさな》きとき生《い》き別《わか》れたる兄《あに》を探《さが》して、旅《たび》をつづけてをりまする。私《わたくし》の求《もと》むるところ、それは一滴《ひとしずく》の水滴《すいてき》が大海原《おおうなばら》に、己《おのれ》の片割《かたわ》れの一滴《ひとしずく》を探《さが》し求《もと》むるにも似《に》た、心許《こころもと》ないわざでござる。

〽うたかたの、あてどなき旅《たび》とは知《し》りながら、さりとてわが身《み》の片割《かたわ》れを見出《みだ》すことが叶《かな》はぬならば、この身《み》の満《み》つることはあるまじ。

黒草《くろくさ》の太《た》郎《ろう》冠《か》者《じゃ》（面《めん》つけ）、息《いき》を切《き》らせて登場《とうじょう》。

黒草の太郎冠者　あつあつ、かんかん、ないない、ひやひや……。

白草の石之介　やや、太《た》郎《ろう》冠《か》者《じゃ》、はや戻《もど》りをったか。

黒草の太郎冠者　やや、何《なん》とおしゃる。はや戻《もど》りおったかですと？　旦那《だんな》さまこそ何《なに》をぐずしていらっしゃる。ご・は・ん。（身振《みぶ》りで「あつっ、あつっ」）……旦那《だんな》さま……（身振《みぶ》りで「いない、いない」）……奥様《おくさま》（身振《みぶ》りで「かんかんに怒《おこ》っている」）……我《われ》ら召使《めしつかい》……（身振《みぶ》りで「ひやひや」）

白草の石之介　なにをぬかしおる。とんと分《わ》からぬぞ。

黒草の太郎冠者　でございますから、おうちではもうごはんがあつあつに出来上《できあ》がってをりまする。さり乍《なが》ら旦那《だんな》さまはいないいないなーい。すると奥様《おくさま》はかんかん、我《われ》ら召使《めしつかい》はひやひやひや。あつあつの、かんかんで熱燗《あつかん》もいいけれど、ひやひやで冷《ひ》や酒《ざけ》も良《よ》し、というわけで。

白草の石之介　よくもそう訳《わけ》の分《わ》からぬことを、べらべらとしゃべりをる。それよりも最前《さいぜん》の大金《たいきん》は何《なん》とした。

黒草の太郎冠者　何《なに》、大金《たいきん》？

白草の石之介　なかなか。

黒草の太郎冠者　大金《おおがね》、いや、小金虫《こがねむし》にやりました。

白草の石之介　冗談《じようだん》をぬかしをる。用事《ようじ》はすませたか。
黒草の太郎冠者　何《なに》、用事《ようじ》？
白草の石之介　なかなか。
黒草の太郎冠者　用事《ようじ》とはつまり、旦那《だんな》さまをお宅《たく》へ連《つ》れ帰《かえ》るってことで。奥様《おくさま》とそのお妹《いもうと》さまがお待《ま》ちでござる。
白草の石之介　なに、奥《おく》、様《さま》？
黒草の太郎冠者　奥様《おくさま》。
白草の石之介　奥《おく》とは誰《たれ》のことぢや。
黒草の太郎冠者　こりやまた難問《なんもん》。奥《おく》に居《い》て様《さま》がつけば奥様《おくさま》、つまり屋敷《やしき》の奥《おく》でとぐろを巻《ま》いて、お首立《くびた》てて旦那《だんな》さまのお帰《かえ》りをお待《ま》ちの女房《にようぼう》さまのこと。
白草の石之介　女房《にようぼう》さま？
黒草の太郎冠者　おお、女房《にようぼう》さま。
白草の石之介　おのれ、主《あるじ》をからかふと見《み》えた、女房《にようぼう》などという棒《ぼう》は知《し》らぬ。がつんがつん。も一度《いちど》行《ゆ》きをれ。

黒草の太郎冠者　まずお待《ま》ちなされませ。

白草の石之介　何《なん》と待《ま》てとは。

黒草の太郎冠者　そのように手《て》の平《ひら》を返《かえ》されますな。私《わたくし》が踵《きびす》を返《かえ》しまする。

白草の石之介　まだぬかしをるか。

黒草の太郎冠者　がつんがつん……。

黒草《くろくさ》の太郎冠者《たろうかじや》、退場《たいじよう》。

白草の石之介　さてさて憎《にく》い奴《やつ》の、金《かね》をば使《つか》ひ果《は》たしをったとみゆる。

このあたりから混乱《こんらん》・幻惑《げんわく》のモチーフの囃子《はやし》が始《はじ》まり、黒草《くろくさ》の民《たみ》が石之介《いしのすけ》のまわりで妖《あや》しくうごめく。

白草の石之介　はてこれは何《なに》やらあやしげな。この町《まち》は偽《いつわ》りと惑《まど》わしの都《みやこ》と聞《き》いた。目《め》を欺《あざむ》く手品使《てじなつか》ひ、心惑《こころまど》はす魔女《まじょ》、口達者《くちだっしゃ》な売僧《まいす》など、罰当《ばちあ》たりな輩《やから》に満《み》ちてをる。然《しか》らば早《はよ》う退散《たいさん》するに限《かぎ》る。まずは宿《やど》へ行《ゆ》き、金《かね》のこと、確《たし》かみようと存《ぞん》ずる。

白草《しらくさ》の石之介《いしのすけ》、退場《たいじょう》。

（第二場了《だいにばりょう》）

第三場《だいさんば》

お熊《くま》とお菊《きく》、登場《とうじょう》。

お熊　亭主《ていしゅ》どのも、使《つか》ひに出《だ》した太郎冠者《たろうかじゃ》も、いまだ帰《かえ》らぬとは、どうしたことぢゃ。

お菊　殿方《とのがた》といふもの、なんでも自分《じぶん》の思《おも》うがままを求《もと》めまする。

お熊　男《おとこ》はどうして女《おんな》よりも思《おも》うがままに出来《でき》るのぢゃ。

お菊　よそでお仕事《しごと》がありまする。

お熊　妾《わらわ》がどんなに心《こころ》を尽《つ》くしても、あの人《ひと》はこれっぽっちも分《わ》かりはせまい。

お菊　ご自分《じぶん》の気持《きも》ちではなうて、兄上《あにうえ》さまのお気持《きも》ちに従《したが》わねばなりませぬ。
お熊　なにを愚《おろ》かなことを。
お菊　〽男《おとこ》は陸《りく》と海《うみ》の主《あるじ》、鳥獣魚《とりけだものさかな》までも、雌《めす》より雄《おす》が優《すぐ》れている。
お熊　そなた、嫁《よめ》に行《ゆ》かぬのは、その考《かんが》えのせいではないか？
お菊　〽妾《わらわ》、好《す》きな人《ひと》ができたなら、従順《じゅうじゅん》になって嫁入《よめい》りをする。
お熊　〽もし亭主《ていしゅ》がよそで何《なに》したら、どう、どう、どうするつもりぢゃ。
お菊　〽お帰《かえ》りになるまで、じっ、じっ、じっと待《ま》ちます。
お熊　あきれたこと。やはり嫁《よめ》には行《ゆ》かぬがよいわ。

黒草《くろくさ》の太郎冠者《たろうかじゃ》、登場《とうじょう》。

黒草の太郎冠者　（登場《とうじょう》しながら）がつんがつん……。
お熊　これ、太郎冠者《たろうかじゃ》、主《あるじ》どのはどうした。お昼食《ちゅうしょく》ぢゃと、申《もう》し上《あ》げたか。

黒草の太郎冠者　はあ、おうちへお戻《もど》りをと申《もう》し上《あ》げたれば、あの金《かね》はどうしたと仰《おお》せらるる。お昼食《ちゅうしょく》と申《もう》し上《あ》げると、金《かね》よこせ。肉《にく》が焦《こ》げますると言《い》へば、金返《かねかえ》せ。奥様《おくさま》がと言《い》へば、糞食《くそく》らへ。しっかりがつんと拳固《げんこ》を頂《いただ》きました。

お熊　そなた、気《き》は確《たし》かか。

お菊　兄上《あにうえ》さまがそのやうなことをおしゃるものか。

黒草の太郎冠者　ところがそれを仰《おお》せられた。おれには家《いえ》もない、女房《にょうぼう》もない、妾《めかけ》もいない。いないいないいない婆《ばば》あ。

お熊・お菊　ぴしゃり、ぴしゃり、ぴしゃり。

お熊　もいちど、

お熊・お菊　行《ゆ》きおれ。

お熊　ええ、うちの亭主《ていしゅ》め。腹立《はらだ》ちや、腹立《はらだ》ちや。

お菊　姉上《あねうえ》さま、気《き》をお静《しず》めなされ、気《き》をお静《しず》めなされ。

お菊：高野和憲
黒草の太郎冠者：野村萬斎
お熊：深田博治

いない
いない
婆《ばば》あ。

お熊《くま》とお菊《きく》、退場《たいじよう》。

黒草の太郎冠者　あっちでがつん、こっちでぴっしゃり。がつんぴっしゃり、がっぴしゃり。私《わたし》や蹴鞠《けまり》の鞠《まり》かいな。がっぴしゃり、がっぴしゃり。

黒草《くろくさ》の太《た》郎冠者《ろうかじや》、退場《たいじよう》。

（第三場了《だいさんばりよう》）

第四場《だいよんば》

囃子《はやし》。

黒草の民　ややこしや。（くりかえす）

黒草の民　石之介《いしのすけ》どの。（くりかえす）

白草の石之介　約定《やくじょう》ずみの宿《やど》の主《あるじ》によれば、例《れい》の金《かね》はしかと太郎冠者《たろうかじゃ》から預《あず》かった、それよりきゃつは、すぐに某《それがし》を探《さが》しに出掛《でか》けた、とのこと。なかなか気《き》の利《き》く奴《やつ》ぢゃ。とかう申《もう》すうちに戻《もど》りをった。

白草の太郎冠者　すっからかん、すっからかん、金《かね》を預《あず》けてすっからかん。

白草の石之介　やい、太郎冠者《たろうかじゃ》、最前《さいぜん》の冗談《じょうだん》は何《なん》ぎゃ。金《かね》のことなど知《し》らん？　そちの女主人《おんなしゅじん》が昼飯《ひるめし》に呼《よ》んでいる？　まだ殴《なぐ》られたいか。
白草の太郎冠者　そのやうなこと、いつ申《もう》し上《あ》げました。
白草の石之介　ここで、つい最前《さいぜん》、言《い》うたではないか。
白草の太郎冠者　いや、最前《さいぜん》のお別《わか》れ以来《いらい》、旦那《だんな》さまには一度《いちど》もお目《め》にかかってはをりません。
白草の石之介　さてさてしれじれしい。奥様《おくさま》ぢゃ昼飯《ひるめし》ぢゃと、ぬかしたではないか。
白草の太郎冠者　私《わたし》をおからかひになるのは、ご機嫌《きげん》うるわしいしるし。とはいへ、何《なん》のこと？
白草の石之介　おのれまだ、とぼけをるか。がつん、がつん、がつん、がつん。
お熊《くま》とお菊《きく》（面《めん》つき）、登場《とうじょう》。二人《ふたり》を追《お》い回《まわ》す。

白草の石之介：石田幸雄
白草の太郎冠者：野村萬斎

とはいへ、何《なん》のこと？

囃子《はやし》。

お熊　のうのう亭主《ていしゅ》どの、これこれ石之介《いしのすけ》どの、やい、そこな者《もの》。さてさてよそよそしい。昔《むかし》のこなたは妾《わらわ》にやさしう振舞《ふるも》うた。へこなたと妾《わらわ》は一心同体《いっしんどうたい》。もし道《みち》ならぬことをなさるるならば、その汚《けが》れはこの身《み》にうつり、妾《わらわ》はたちまち娼婦《しょうふ》になる。

白草の石之介　これはまた大胆《だいたん》なお口説《くど》き。さり乍《なが》ら某《それがし》、そなたさまを存《ぞん》じあげませぬ。黒草《くろくさ》の港《みなと》に着《つ》いたのはつい最前《さいぜん》のこと。そなたのおしゃることも、この国《くに》のことも、なんのことやらさっぱりでござる。

お菊　なんと、兄上《あにうえ》さま。お昼食《ちゅうしょく》ぢゃによって、太郎冠者《たろうかじゃ》を使《つか》ひに出《だ》したのでござる。

白草の石之介　なに、太郎冠者《たろうかじゃ》を？

白草の太郎冠者　なに、私《わたくし》を？

お熊　おお、さうぢゃ。して、旦那《だんな》さまのお目《め》にかかり、したたか拳固《げんこ》を食《く》らうて、家《いえ》など知《し》らぬ、女房《にようぼう》など知《し》らぬと言《い》はれた、と申《もう》したではないか。

白草の石之介　それみよ。今《いま》このお方《かた》がおしゃったことを、おのれはそっくりぬかしたではないか。

白草の太郎冠者　いや、ぬかしたことなどござりませぬ。

お熊　ささ、もうよい。いたずらのことは水《みず》に流《なが》して、お昼食《ちゆうしよく》に致《いた》しませう。太郎冠者《たろうかじや》、門番《もんばん》をせい。如何《いか》なる者《もの》も案内《あない》してはなりませぬ。留守《るす》ぢゃと申《もう》せ。

白草の石之介　（わきぜりふ。かぶせて幻惑《げんわく》のモチーフ）ここは天国《てんごく》か、地獄《じごく》か、はたまた人《ひと》の世《よ》か。見《み》も知《し》らぬ者《もの》があらぬことを言《い》ふ。

白草の太郎冠者　この頭《あたま》、正気《しようき》なのか、狂《くる》うてしまふたか。申《もう》し、旦那《だんな》さま、私《わたくし》は門番《もんばん》をやりまするか？

お熊　さうぢゃ。誰《たれ》も入《い》るるでないぞ。

お菊　さあさあ、兄上《あにうえ》さま、早《はよ》うござれ、早《はよ》うござれ。早《はよ》うござれ、早《はよ》うござれ。

白草の太郎冠者　門番《もんばん》！

（第四場了《だいよんばりよう》）

第五場《だいごば》

黒草の石之介　（笑《わら》う）では、金次郎《きんじろう》どの、仕事《しごと》の話《はなし》はこれまで。拙宅《せつたく》にて昼飯《ひるめし》などいかがでござる。ただし、お願《ねが》ひがござる。某《それがし》の女房《にようぼう》はちと時間《じかん》にうるさうてな。

黒草の民　石之介《いしのすけ》どの。

黒草の石之介　あなたの店《みせ》で約束《やくそく》の帯留《おびど》めの出来具合《できぐあい》を見《み》せてもろうているうちに、つい長《なが》っちりをした、とまあそのやうに話《はなし》を合《あ》はせて下《くだ》されい。

黒草の民　石之介《いしのすけ》どの。

黒草の石之介　と申《もう》すそのわけは、なんとこの阿呆《あほう》めが市場《いちば》で某《それがし》に出会《であ》ふて、金《かね》のことで殴《なぐ》られたとか、某《それがし》が自分《じぶん》には家《いえ》もなければ女房《にょうぼう》もないと言《ゆ》うたとか、たわいもないことを並《なら》べたててをりまする。

黒草の民　石之介《いしのすけ》どの。

黒草の石之介　某《それがし》が女房《にょうぼう》に申《もう》し開《ひら》きするのを、助《たす》けて頂《いただ》きたいのでござる。

黒草の民　石之介《いしのすけ》どの。

金次郎　（三人《さんにん》、道行《みちゆき》に移《うつ》りながら）はあ、これはまた解《げ》せぬことでござりまするな。

黒草の太郎冠者　何程仰《なにほどおお》せられても、私《わたくし》の申《もう》し上《あ》げていることに嘘《うそ》はござりませぬ。旦那《だんな》さまに殴《なぐ》られて、ひりひりとしているこの頭《あたま》が証人《しょうにん》でござる。いや、なにかと申《もう》すうちに、戻《もど》りました。

黒草の石之介　はて、門《もん》がしまってをる。太郎冠者《たろうかじゃ》、開《あ》けろと言《い》へ。

黒草の太郎冠者　畏《かしこ》まってござる。やいやい、門《もん》の戸《と》を開《あ》けさしめ。

黒草の石之介：石田幸雄
黒草の太郎冠者：野村萬斎

なんとこの阿呆《あほう》めが……

以下《いか》、門《もん》の内外《うちそと》が転換《てんかん》するたびに、囃子《はやし》。

白草の太郎冠者　なんぢゃと、戸《と》を開《あ》けい？　そりゃだめぢゃ。

お力　さてさてかしましい。張《は》り倒《たお》してやろうか。

黒草の太郎冠者　やい、そこにいるのはお力《りき》ぢゃな。旦那《だんな》さまのお帰《かえ》りぢゃ。

白草の太郎冠者　旦那《だんな》だかなんだだか知《し》らぬが、うろうろしていると風邪《かぜ》を引《ひ》くぞ。

黒草の太郎冠者　さう言《い》ふおのれは誰《だれ》ぢゃ。さあさあ、開《あ》けさしめ。

白草の太郎冠者　仔細《しさい》を言《い》ふたら、開《あ》けまいものでもない。

黒草の石之介　仔細《しさい》ぢゃと？　昼飯《ひるめし》ぢゃ、まだ食《く》うてをらぬぞ。

白草の太郎冠者　今日《きょう》の昼飯《ひるめし》はなしぢゃ。おととい出《で》やれ。

黒草の石之介　やい、主《あるじ》を家《いえ》から締《し》め出《だ》すとは、何者《なにもの》ぢゃ。

白草の太郎冠者　門番《もんばん》ぢゃ、ま、今《いま》のところはな。問《と》はれて名乗《なの》るほどの者《もの》ではないが、名《な》は太郎冠者《たろうかじや》ぢや。

黒草の太郎冠者　やや、おれの仕事《しごと》と名前《なまえ》と両方盗《りようほうぬす》みをったか。さてさて憎《にく》い奴《やつ》の。

門《もん》の内側《うちがわ》に、お熊《くま》、登場《とうじよう》。

お熊　表《おもて》がいこう騒《さわ》がしい。何事《なにごと》ぢやしらん。

白草の太郎冠者　あたりの若《わか》い衆《しゆう》がなぶらせらるるそうにござる。

黒草の石之介　おう、女房《にようぼう》か？　お熊《くま》、早《はよ》う開《あ》けぬか。

お熊　なんぢや、妾《わらわ》を女房《にようぼう》ぢやと？　戯言《ざれごと》をぬかしをる。あちへ失《う》しょう。うちの門《もん》に近寄《ちかよ》るでないぞ。ええ、腹立《はらだ》ちや、腹立《はらだ》ちや。腹立《はらだ》ちや、腹立《はらだ》ちや。

お熊《くま》、退場《たいじよう》。

金次郎　ご馳走《ちそう》にはあまり歓迎《かんげい》されてをらぬふうでござるな。
黒草の石之介　どういう風《かぜ》の吹《ふ》きまわしぢゃ。
黒草の太郎冠者　何《なに》やら匂《にお》うて参《まい》りました。
黒草の石之介　ああ、腹《はら》へった。ぐー。
黒草の太郎冠者　ぐー。
金次郎　ぐう。
黒草の石之介　やい、金梃子《かなてこ》を持《も》って来《こ》い。たたき割《わ》ってやる。
金次郎　まあまあ、まずお待《ま》ちなされ。これにはきっとわけがござろう。ここはひとつおとなしう引《ひ》き取《と》って、よそで昼飯《ひるめし》をすまし、夕刻《ゆうこく》になって後《のち》、お戻《もど》りになればよい。昼日中《ひるひなか》に荒々《あらあら》しいことに及《およ》べば、ご立派《りっぱ》な評判《ひょうばん》に傷《きず》がつきませう。
黒草の石之介　なるほど、分《わ》かり申《もう》した。腹立《はらだ》ちは腹立《はらだ》ちとして、陽気《ようき》に振舞《ふるま》お

金次郎：月崎晴夫
黒草の石之介：石田幸雄
黒草の太郎冠者：野村萬斎

某《それがし》は
そこへ参《まい》る
と致《いた》せう。

ふと致《いた》さう。何《なに》を隠《かく》そう、実《じつ》は懇意《こんい》に致《いた》いてをる茶屋《ちゃや》の女《おんな》がござる。某《それがし》はそこへ参《まい》ると致《いた》せう。金次郎《きんじろう》どの、例《れい》の帯留《おびど》め、そちらへ届《とど》けて下《くだ》され。女房《にょうぼう》への腹《はら》いせに、茶屋《ちゃや》の女《おんな》にやってしまおう。

金次郎　畏《かしこ》まってござる。のちほどお目《め》にかかりませう。（退場《たいじょう》）

黒草の石之介　腹立《はらだ》ちを癒《いや》すのも、物入《ものい》りぢやわい。えー、腹立《はらだ》ちや、腹立《はらだ》ちや。

黒草の太郎冠者　腹減《はらへ》った、腹減《はらへ》った。

黒草の石之介　腹立《はらだ》ちや、腹減《はらへ》った。

黒草の太郎冠者　腹減《はらへ》った、腹減《はらへ》った。あー腹減《はらへ》った。

黒草の民　石之介《いしのすけ》どの。石之介《いしのすけ》どの。

（第五場了《だいごばりょう》）

第六場《だいろくば》

お菊《きく》、うそふきの面《めん》をつけた白草《しらくさ》の石之介《いしのすけ》、登場《とうじょう》。

お菊　石之介《いしのすけ》どの、いや兄上《あにうえ》さま、姉《あね》は女《おんな》でござりまする。
〽総《そう》じて女《おんな》は夫《おっと》の愛《あい》を信《しん》じて生《い》きてゆく。
さあさあ、早《はよ》う中《なか》へ戻《もど》って、姉《あね》と仲良《なかよ》うなされて下《くだ》され。

白草の石之介　おお、まこと美《うつく》しいお方《かた》、某《それがし》はこなたの名《な》も存《ぞん》じ上《あ》げませぬ。その某《それがし》の名《な》をこなたはどうしてご存《ぞん》じなのぢや。見知《みし》らぬ国《くに》に道《みち》を失《うしな》ひ、まちがいの中《なか》をさまよい歩《ある》くこの愚《おろ》か者《もの》には、お言葉《ことば》の意味《いみ》が分《わ》かりませぬ。姉上《あねうえ》が

いかに涙《なみだ》を流《なが》しても、某《それがし》の妻《つま》とは思《おも》はれませぬ。今《いま》の某《それがし》に分《わ》かること、

へそれはただ一《ひと》つ、この憧《あこが》れはこなたにござる。

お菊　それは誠《まこと》でござるか。

白草の石之介　誠《まこと》でござる。

お菊　真実《しんじつ》か。

白草の石之介　真実《しんじつ》でござる。こなたには夫《おっと》がなく、某《それがし》には妻《つま》がない。どうか某《それがし》の妻《つま》になって下《くだ》され。

お菊　（笑《わら》い）そのやうに仰《おお》せられても。妾《わらわ》、なんと致《いた》しませう――。

お菊《きく》、退場《たいじょう》。白草《しらくさ》の太郎冠者《たろうかじゃ》（面《めん》なしで）、登場《とうじょう》。

白草の太郎冠者　なんと致《いた》しませう。私《わたくし》や旦那《だんな》さまの召使《めしつかい》、太郎冠者《たろうかじゃ》でござるか。私《わたくし》は私《わたくし》でござるか？

白草の石之介：石田幸雄
白草の太郎冠者：野村萬斎

私《わたくし》は私《わたくし》でござるか？

白草の石之介　（面《めん》をとって）そうとも。そちは某《それがし》の召使《めしつかい》、太郎冠者《たろうかじゃ》。そちは、そちぢゃ。

白草の太郎冠者　いいや、私《わたくし》は私《わたくし》ではござりませぬ。私《わたくし》は女《おんな》の召使《めしつかい》でござる。

白草の石之介　なに、女《おんな》。どこの女《おんな》ぢゃ。

白草の太郎冠者　この屋敷《やしき》の料理女《りょうりおんな》、私《わたくし》と結婚《けっこん》を誓《ちか》ったと申《もう》しまする。

白草の石之介　いかなる女《おんな》ぢゃ。

白草の太郎冠者　女相撲《おんなずもう》になるのが一番《いちばん》でござりませう。四股名《しこな》は肉《にく》の山《やま》。

白草の石之介　なんとそれほど太《ふと》ってをるか。

白草の太郎冠者　あの脂身《あぶらみ》なら、世界《せかい》の終《お》わりの大火事《おおかじ》のときも、人《ひと》より五年《ごねん》や三年《さんねん》は長《なが》く燃《も》えてをりませう。

白草の石之介　して名《な》は何《なん》と言《い》う。

白草の太郎冠者　お力《りき》と申《もう》しまする。この女《おんな》、私《わたくし》を太郎冠者《たろうかじゃ》と呼《よ》び、私《わたくし》の肩《かた》と、首《くび》と、左《ひだり》の腕《うで》に、ほくろのあることさえ知《し》ってをりまする。こりゃ魔女《まじょ》にちがいござらぬと、ほうほうのていで逃《に》げ帰《かえ》ってござる。

白草の石之介　うーん（しばらく沈思《ちんし》する）。よし、今日《きょう》のうちにもこの町《まち》から逃《に》げ出《だ》すことと致《いた》そう。太郎冠者《たろうかじゃ》、急《いそ》ぎ出船《でぶね》があるか、見《み》て参《まい》れ。

白草の太郎冠者　畏《かしこ》まってござる。

白草の石之介　某《それがし》は市場《いちば》へ行《ゆ》く。そこで待《ま》ち合《あ》わせと致《いた》そう。

白草の太郎冠者　心得《こころえ》ました。

白草の石之介　荷物《にもつ》をまとめて、おさらばぢゃ。

白草の太郎冠者　合点《がてん》でござる。出船《でぶね》……

白草《しらくさ》の太郎冠者《たろうかじゃ》、退場《たいじょう》。

白草の石之介　この国《くに》は魔女《まじょ》のすみかか。某《それがし》を亭主《ていしゅ》呼ばわりする女《おんな》には心底《しんそこ》鳥肌《とりはだ》が立《た》った。しかし、その妹《いもうと》のほうは――姿形《すがたかたち》うるわしく、言葉遣《ことばづか》いも好《この》ましく、いやいや、あやうく心《こころ》を奪《うば》はるるところであった。美《うつく》しい人魚《にんぎょ》の歌声《うたごえ》に誘《さそ》われてはならぬ。わが身《み》を守《まも》るため、しっかと耳《みみ》をふさいでいずばなるまい。

金次郎《きんじろう》、帯留《おびど》めをもって登場《とうじょう》。

黒草の民　石之介《いしのすけ》どの、石之介《いしのすけ》どの。

白草の石之介　また、見知《みし》らぬ者《もの》が某《それがし》の名《な》を呼《よ》ぶ。

金次郎　石之介《いしのすけ》どの、石之介《いしのすけ》どの。えーい。石之介《いしのすけ》どの、石之介《いしのすけ》どの。

白草の石之介　石之介《いしのすけ》ぢゃが、なんでござる。

金次郎　かねてご注文《ちゅうもん》の帯留《おびど》め、茶屋《ちゃや》に届《とど》けようと存《ぞん》じましたが、少々遅《しょうしょうおそ》くなりましたによって、じかにお届《とど》けに上《あ》がりました。

白草の石之介　某《それがし》が頼《たの》んだ？　そのやうな覚《おぼ》えはござらぬ。

金次郎　何《なに》を仰《おお》せらるる。あれほどご執心《しゅうしん》でござったではないか。さあ、さあ。

これで奥様《おくさま》をお喜《よろこ》ばせなされい。夕飯時《ゆうはんどき》に参《さん》じまする。

白草の石之介　申《もう》し、申《もう》し。

金次郎　お代《だい》はその折《お》りに。

金次郎《きんじろう》、退場《たいじょう》。

白草の石之介　申《もう》し、申《もう》し。見事《みごと》な帯留《おびど》めぢゃ。さりながら、何《なん》のことやら、さっぱり分《わ》からぬ。やはり、このやうな妖《あや》しき国《くに》には長居《ながい》は無用《むよう》ぢゃ。急《いそ》ぎ市場《いちば》へ参《まい》って、太郎冠者《たろうかじゃ》に会《あ》をう。

黒草の民　石之介《いしのすけ》どの、石之介《いしのすけ》どの。

（第六場了《だいろくばりょう》）

第七場《だいななば》

囃子《はやし》。

黒草《くろくさ》の石之介《いしのすけ》（面《めん》なし）と太郎冠者《たろうかじゃ》（面《めん》なし）、登場《とうじょう》。

黒草の太郎冠者　あいたたた。

黒草の石之介　腹立《はらだ》ちや、腹立《はらだ》ちや。腹立《はらだ》ちや、腹立《はらだ》ちや。まったく茶屋《ちゃや》に行《い》っても腹立《はらだ》ちは癒《い》えん。

黒草の太郎冠者　腹《はら》はふくれても腹《はら》の虫《むし》はおさまらぬさうな。

黒草の石之介　太郎冠者《たろうかじゃ》、急《いそ》ぎ縄《なわ》を買《か》ってこい。

黒草の太郎冠者　あ。その縄《なわ》で私《わたくし》を縛《しば》るのはよしになされ。
黒草の石之介　何《なに》をぬかしをる。女房《にょうぼう》どもを縛《しば》ってやるのぢゃ。
黒草の太郎冠者　や。亭主《ていしゅ》を締《し》め出《だ》したによって、縛《しば》られても当然《とうぜん》ぢゃ。
黒草の石之介　早《はよ》う行《い》け。
黒草の太郎冠者　心得《こころえ》ました。縄《なわ》か、縄《なわ》か。縄《なわ》か、縄《なわ》か。

黒草《くろくさ》の太郎冠者《たろうかじゃ》、退場《たいじょう》。金次郎《きんじろう》、登場《とうじょう》。

金次郎　申《もう》し、申《もう》し、石之介《いしのすけ》どの、お宅《たく》へ伺《うかが》おうと思《おも》ふてをりましたが、幸《さいわ》いのところでお目《め》にかかった。
黒草の石之介　何《なに》が幸《さいわ》いのところぢゃ。帯留《おびど》めは茶屋《ちゃや》へ届《とど》かず、某《それがし》は女《おんな》に冷《ひ》や飯《めし》をくわされた。
金次郎　いや、よんどころない事情《じじょう》が生《しょう》じまして、帯留《おびど》めのお代《だい》をいま頂《いただ》けますればまことにありがとうござる。
黒草の石之介　金次郎《きんじろう》どの、生憎《あいにく》ぎゃが、持《も》ち合《あ》わせがない。急《いそ》ぎならば帯留《おびど》めは宅《たく》へ届《とど》けて、代金《だいきん》は女房《にょうぼう》からもろうておくりゃれ。
金次郎　畏《かしこ》まってござる。お宅《たく》へ参《さん》じませう。では帯留《おびど》めをお返《かえ》し頂《いただ》いて――。
黒草の石之介　その手《て》はなんぢゃ。
金次郎　いや、最前《さいぜん》お渡《わた》しした帯留《おびど》めを。
黒草の石之介　受《う》けとってをるはずがなかろう。
金次郎　いや、お渡《わた》し申《もう》した。
黒草の石之介　いや、受《う》けとってはをらぬ。
金次郎　でも渡《わた》した。
黒草の石之介　ほう、いつ渡《わた》した。
金次郎　たったいま渡した。
黒草の石之介　はて、受《う》けとってをらぬと言《い》うに。

金次郎　さてさてしれじれしい。帯留《おびど》めもお代《だい》も頂《いただ》けぬとあらば、お上《かみ》に訴《うった》へませうぞ。
黒草の石之介　何《なに》をぬかしをる。そもそも茶屋《ちゃや》で待《ま》ちぼうけをくわせをって。
金次郎　返《かえ》せ、返《かえ》せ。
黒草の石之介　何《なん》の返《かえ》せ。
金次郎　であえ、であえ。
黒草の石之介　憎《にく》い奴《やつ》の。
黒草の民　石之介《いしのすけ》どの、石之介《いしのすけ》どの。
金次郎　であえ、であえ。
警吏　何《なに》ごとぢや、何《なに》ごとぢや。（体当《たいあ》たりして）何《なに》ごとぢや。
金次郎　この者《もの》が金《かね》を払《はら》わん。
警吏　何《なに》、金《かね》を払《はら》わん。捕《と》ったぞ。

白草《しらくさ》の太郎冠者《たろうかじゃ》（面《めん》をつけて）が、息《いき》せききって登場《とうじょう》。

白草の太郎冠者　出船《でぶね》。申《もう》し、申《もう》し、堺行《さかいゆ》きの出船《でぶね》がござる。荷物《にもつ》もはや積《つ》み込《こ》みました。

黒草の石之介　なに出船《でぶね》？　堺行《さかいゆ》きの船《ふね》ぢゃ？

白草の太郎冠者　はあ、お言《い》ひ付《つ》けのとおりでござる。

黒草の石之介　気《き》でも狂《くる》うたか。抜《ぬ》け作《さく》め。これを見《み》よ。

白草の太郎冠者　はー、でぶ、ね。

黒草の石之介　えー急《いそ》ぎ、お熊《くま》のところへ行《い》って参《まい》れ。保釈《ほしやく》の為《ため》の金《かね》がいる。この鍵《かぎ》で某《それがし》の机《つくえ》を開《あ》け、財布《さいふ》を持《も》って、番所《ばんしょ》へ届《とど》けるように言《い》え。

白草の太郎冠者　畏《かしこ》まってござる。

黒草の石之介　急《いそ》げ急《いそ》げ。

白草の太郎冠者　心得《こころえ》ました。

黒草の石之介　急《いそ》げ急《いそ》げ。

黒草の民　石之介《いしのすけ》どの、石之介《いしのすけ》どの。

白草の太郎冠者　これはまた一大事《いちだいじ》ぢや。さりながらお熊《くま》と言《い》へば、昼飯《ひるめし》を食《く》ふたあの家《いえ》のことぢや。すれば、お力《りき》がいるところぢや。くわばら、くわばら。されども、お主《しゅう》の命《めい》ぢや、是非《ぜひ》もない。財布《さいふ》!

（第七場了《だいななばりょう》）

第八場《だいはちば》

お熊　なんと、お菊《きく》、こちの人《ひと》がこなたを口説《くど》いたと？　それはまことか。

お菊　なんの嘘《うそ》を言《い》ふものぢや。姉上《あねうえ》さまとは夫婦《めおと》の仲《なか》ではないとおしゃった。

お熊　よくもまあそのやうなことを。

お菊　その上《うえ》、この国《くに》に来《き》たのは今日《きょう》が初《はじ》めて、知《し》り合《あ》いはないと。

お熊　くやしい。

お菊　そこで、妾《わらわ》は姉上《あねうえ》さまを弁護《べんご》致《いた》しました。

お熊　それは、なんと？

お菊　姉上《あねうえ》さまに優《やさ》しうなされいと申《もう》し上《あ》げたれば、兄上《あにうえ》さまは、自分《じぶん》がいとしう思《おも》ふているのは妾《わらわ》ぢゃとおしゃった。妾《わらわ》の姿《すがた》と、物《もの》の言《い》ひをおほめになり、お心《こころ》のこもった言葉《ことば》で、結婚《けっこん》してくりゃれと。

お熊　ええい、腹立《はらだ》ちゃ、腹立《はらだ》ちゃ。あの和男《わおとこ》め。根性曲《こんじょうま》がり、しみったれ。気《き》が利《き》かなくって、つっけんどん。

お菊　これこれ、それ程《ほど》ならば、なぜにやきもちをやかるる。

お熊　今《いま》のみんな嘘《うそ》ぢゃ。口《くち》では悪口雑言並《あっこうぞうごんなら》べ立《た》てても、心《こころ》はいつもこちの人《ひと》を思《おも》うてをるのぢゃ。（泣く）

白草《しらくさ》の太郎冠者《たろうかじゃ》、息《いき》せききって登場《とうじょう》。

白草の太郎冠者　財布《さいふ》！

お菊　そのように急《いそ》いで、なにごとぢゃ。

白草の太郎冠者　空《くう》を切《き》って走《はし》ってきまして、息《いき》が切《き》れました。

お熊　旦那《だんな》さまはいずこぢゃ。何《なん》とした。
白草の太郎冠者　なんともかんとも、閻魔大王《えんまだいおう》の名代《みょうだい》に取《と》っ摑《つか》まって地獄《じごく》行きでござる。
お熊　一体全体《いったいぜんたい》、どうしたことぢゃ。
白草の太郎冠者　何《なん》とも知《し》れませぬ。とかく、机《つくえ》より五百両《ごひゃくりょう》の財布《さいふ》を出《だ》して下《くだ》され。保釈《ほしゃく》のための金《かね》がいりまする。
お熊　お菊《きく》、早《はよ》うお金《かね》を。
お菊　心得《こころえ》ました。
お熊　急《いそ》ぐのぢゃ、急《いそ》ぐのぢゃ。急《いそ》ぐのぢゃ、急《いそ》ぐのぢゃ。ああ、あれやこれやで頭《あたま》がくらくらぢゃ。

（第八場了《だいはちばりょう》）

第九場《だいきゆうば》

囃子《はやし》。

黒草の民　石之介《いしのすけ》どの。

白草の石之介　町《まち》を歩《ある》けば、旧知《きゆうち》のごとく挨拶《あいさつ》をされる。家《いえ》へ招待《しようたい》する者《もの》あり、お礼《れい》を言《い》ふ者《もの》あり。えーい、知《し》らぬぞ誰《たれ》も。最前《さいぜん》の呉服屋《ごふくや》などは、ご注文《ちゆうもん》の品《しな》が届《とど》きましたと言《い》ふて絹《きぬ》の反物《たんもの》を見《み》せ、某《それがし》の寸法《すんぽう》まで計《はか》りをった。これみな、売僧《まいす》の手口《てぐち》ぢや。魔法使《まほうつか》いがうようよいをる。

囃子《はやし》。

白草《しらくさ》の太郎冠者《たろうかじゃ》（面《めん》つけず）、登場《とうじょう》。

白草の太郎冠者　財布《さいふ》！　申《もう》し、申《もう》し、旦那《だんな》さま。ご命令《めいれい》どおり、お金《かね》を持《も》って参《まい》りました。はて、閻魔大王《えんまだいおう》の名代《みょうだい》は？

白草の石之介　金《かね》？　閻魔大王《えんまだいおう》とは何《なん》の事《こと》ぢゃ？

白草の太郎冠者　旦那《だんな》さまが嘘《うそ》をついたと言《い》ふて、舌《した》を引《ひ》き抜《ぬ》こうとした警吏《けいり》のことでござる。

白草の石之介　おのれまで訳《わけ》の分《わ》からぬ事《こと》をぬかしをる。それよりも船《ふね》はどうした？　今晩出《こんばんず》るのがあったか。

白草の太郎冠者　はて、最前申《さいぜんもう》し上《あ》げたではござりませぬか。堺行《さかいゆ》きの船《ふね》があると。されどもそこへ逮捕《たいほ》の一件《いっけん》。おかげで乗《の》り遅《おく》れ、屋島行《やしまゆ》きになりました。さ、これが例《れい》のお財布《さいふ》でござる。

白草の太郎冠者：野村萬斎
白草の石之介：石田幸雄

人の世《ひとのよ》は、すべてうつつか、幻《まぼろし》か。

白草の石之介　財布《さいふ》？

白草の太郎冠者　ああ。

白草の石之介　（幻惑《げんわく》のモチーフ）こやつも、気《き》が狂《くる》ふてをる。某《それがし》と同《おな》じぢゃ。

白草の石之介・太郎冠者　〽人《ひと》の世《よ》は、すべてうつつか、幻《まぼろし》か。さもあらば

あれ、われら二人《ににん》の踏《ふ》み迷《まよ》うこの異国《とつくに》は、夢幻《ゆめまぼろし》とのみ覚《おぼ》へて候《そうろう》。おお、

大慈大悲《だいじだいひ》の観世音菩薩《かんぜおんぼさつ》、なにとぞわれらうつけものを、うつつに戻《もど》し

てたびたまへ。

二人《ふたり》、刀《かたな》を振《ふ》り回《まわ》しつつ退場《たいじょう》。

（第九場了《だいきゆうばりよう》）

第十場《だいじゅうば》

囃子《はやし》。

黒草《くろくさ》の石之介《いしのすけ》（面《めん》なし）、警吏《けいり》に引《ひ》き立《た》てられて登場《とうじょう》。

黒草の石之介　ああ、太郎冠者《たろうかじゃ》はまだ金《かね》を持《も》って来《こ》ぬか。今日《きょう》の女房《にょうぼう》はちと様子《ようす》がおかしい。某《それがし》の逮捕《たいほ》の知《し》らせを聞《き》いても信《しん》じぬやもしれぬ。

囃子《はやし》。

黒草《くろくさ》の太郎冠者《たろうかじゃ》（面《めん》なし）、縄《なわ》を持《も》って登場《とうじょう》。

黒草の太郎冠者　縄《なわ》ぢゃ、縄《なわ》ぢゃ。縄《なわ》ぢゃ、縄《なわ》ぢゃ。

黒草の石之介　さればこそ戻《もど》った。戻《もど》ったか、戻《もど》ったか。

黒草の太郎冠者　戻《もど》りました、戻《もど》りました。

黒草の石之介　やっとあったか。

黒草の太郎冠者　ありました、ありました。

黒草の石之介　それはでかいた。急《いそ》いでみせい。

黒草の太郎冠者　畏《かしこ》まってござる。

黒草の石之介　金《かね》はどうした。

黒草の太郎冠者　縄《なわ》を買《か》ふのに使《つか》ひました。

黒草の石之介　縄一本《なわいっぽん》に五百両《ごひやくりよう》ぢゃと、阿呆《あほう》め。（縄《なわ》で殴《なぐ》りながら）がつん、がつん……。

お熊《くま》、お菊《きく》、祈禱師《きとうし》藪右衛門《やぶえもん》、登場《とうじょう》。

お熊　さればこそあの乱暴沙汰《らんぼうざた》、はたしてうわさのとおり、狂気《きようき》のしるしぢや。

黒草の石之介　おお、女房《にょうぼう》どもが参《まい》った。

黒草の太郎冠者　奥様《おくさま》、縄《なわ》にご用心《ようじん》、縄《なわ》にご用心《ようじん》。

お熊　のう、藪右衛門《やぶえもん》どの、そなたのまじないで正気《しょうき》に戻《もど》して下《くだ》され。

囃子《はやし》。

藪右衛門　ささ、お手《て》を。お脈《みやく》を拝見致《はいけんいた》しませう。

黒草の石之介　それほど見《み》たくば、目《め》にものを見《み》せうぞ。

藪右衛門　おお、悪魔《あくま》よ、この御仁《ごじん》に取《と》り憑《つ》いたる悪霊《あくりょう》よ、

〽わが聖《せい》なる祈《いの》りに折伏《ちゃくぶく》され、汝《なんじ》、常闇《とこやみ》の住処《すみか》に帰《かえ》れ。去《さ》れ、悪霊《あくりょう》よ、去《さ》れ。ボーロンボーロン。ボーロンボーロン。

黒草の石之介　黙《だま》れ、老《お》いぼれの陰陽師《おんみょうじ》め、身《み》どもは狂《くる》ふてはをらんぞ。

藪右衛門《やぶえもん》を突《つ》き飛《と》ばす。

お熊　ああ藪右衛門《やぶえもん》どの、けがはござらぬか。

黒草の石之介　ははあ、なる程《ほど》、さういふことか。今日《きょう》おれを締《し》め出《だ》したのはその毛《け》だるま野郎《やろう》といちゃついて昼飯《ひるめし》を食《く》いをったからぢやな。

お熊　何《なに》をおしゃる。ご飯《はん》は家《うち》で一緒《いっしょ》に頂《いただ》いたではござらぬか。

黒草の石之介　家《いえ》で飯《めし》を食《く》うた？　誰《たれ》が、誰《たれ》と。（黒草《くろくさ》の太郎冠者《たろうかじゃ》に）やい、本当《ほんとう》の話《はなし》をしてやれ。

黒草の太郎冠者　はい、本当《ほんとう》の話《はなし》、旦那《だんな》さまはお家《うち》でご飯《はん》を召《め》し上《あ》がってはいられません。

黒草の石之介　門《もん》にはかんぬきが掛《か》かっていて、おれは飯《めし》も食《く》わずに、締《し》め出《だ》しを食《く》うた。さうぢゃな。

黒草の太郎冠者　まことに、締《し》め出《だ》しを食《く》いました。

黒草の石之介　女房《にょうぼう》も出《で》てきて悪態《あくたい》をついた、さうぢゃな。

黒草の太郎冠者　まことに悪態《あくたい》をつかれました。お力《りき》も一緒《いっしょ》でございました。

黒草の石之介　おれは怒《いか》り心頭《しんとう》に発《はっ》してその場《ば》を立《た》ち去《さ》った。さうぢゃな。

黒草の太郎冠者　まことにそのとおり、お怒《いか》りのほどはこの骨身《ほねみ》に沁《し》みてをりまする。

お熊　ありもせぬことばかり仰《おお》せらるる。藪右衛門《やぶえもん》どの、何卒《なにとぞ》よろしうご祈禱頼《きとうたの》みまする。

黒草の石之介　その上《うえ》、そちは金次郎《きんじろう》をたらしこんで、おれを逮捕《たいほ》させせたな。

お熊　保釈《ほしゃく》のためのお金《かね》を太郎冠者《たろうかじゃ》に持《も》たせせたではござらぬか。

黒草の太郎冠者　いや、私《わたくし》は一文《いちもん》も頂《いただ》いてはをりませぬ。（笛《ふえ》）

黒草の石之介　おのれ財布《さいふ》を取《と》りに行《ゆ》かなかったのか。

お熊　参《まい》りましたとも。お金《かね》も渡《わた》しました。

お菊　妾《わらわ》もその場《ば》にをりました。

黒草の太郎冠者　いや、私《わたくし》へのご命令《めいれい》は、この縄《なわ》を買《か》って来《こ》いといふことでござる。

藪右衛門　物《もの》の怪《け》ぎゃ、物《もの》の怪《け》ぎゃ。ご主人《しゅじん》も召使《めしつかい》も、物《もの》の怪《け》に取《と》り憑《つ》かれてをる。それ、青白《あおじろ》い顔色《かおいろ》に死相《しそう》が浮《う》かんでをる。縛《しば》るのぢゃ、暗《くら》い座敷牢《ざしきろう》へ閉《と》じ込《こ》めるのぢゃ。

警吏　神妙《しんみょう》に致《いた》せ。

黒草の石之介　えーい、やかましい。お熊《くま》、なにゆえにおれを締《し》め出《だ》した。なにゆえに金《かね》を渡《わた》さなんだ。

お熊　おお、優《やさ》しいこちの人《ひと》、妾《わらわ》がそのやうなことをするものか。

藪右衛門　召使《めしつかい》も縛《しば》るのぢゃ。こやつも気《き》が狂《くる》ふてをる。
警吏　捕《と》ったぞ。
お熊　家《うち》にお連《つ》れ下《くだ》され。お連《つ》れ下《くだ》され。
黒草の石之介　やい、某《それがし》を誰《たれ》ぢゃと思《おも》いをる。このような目《め》にあわせおって、おのれ、今《いま》に思《おも》い知《し》らせうぞ。
黒草《くろくさ》の石之介《いしのすけ》と太郎冠者《たろうかじゃ》、引《ひ》き立《た》てられて、退場《たいじょう》。
藪右衛門　（退場《たいじょう》しつつ）悪魔《あくま》ぢゃ、物《もの》の怪《け》ぢゃ、悪魔《あくま》ぢゃ、悪魔《あくま》ぢゃ。
お熊　ああ、ああ、哀《あわ》れなお人《ひと》。はてさて、なんの祟《たた》りでこの様《よう》なことに。
切迫《せっぱく》した囃子《はやし》。
白草《しらくさ》の石之介《いしのすけ》と白草《しらくさ》の太郎冠者《たろうかじゃ》（ともに面《めん》つけず）、剣《けん》を抜《ぬ》いて登場《とうじょう》。

黒草の民　わー。わー。
お菊　神様《かみさま》、お助《たす》け下《くだ》され。二人《ふたり》が早抜《はやぬ》け出《だ》して参《まい》りました。
お熊　おお、こわや。
お熊《くま》、お菊《きく》、急《いそ》ぎ退場《たいじょう》。
白草の石之介　（笑《わら》う）魔女《まじょ》たちめ、剣《けん》がこわいと見《み》ゆる。
白草の太郎冠者　魂《たましい》を抜《ぬ》き取《と》られぬうちに、船《ふね》に乗《の》ったがよさそうにござりまするな。（笑《わら》う）
二人《ふたり》、退場《たいじょう》しようとするところへ、金次郎《きんじろう》、登場《とうじょう》。

金次郎　石之介《いしのすけ》どの。その懐《ふところ》の帯留《おびど》め、某《それがし》から受《う》け取《と》ったと、なぜにおしゃらぬ。
白草の石之介　たしかにそなたから受《う》け取《と》った。
金次郎　最前《さいぜん》な、受《う》け取《と》った覚《おぼ》えはないとおしゃったではないか。
白草の太郎冠者　おのれ、旦那《だんな》さまを悪党呼《あくとうよ》ばわりするか。
金次郎　いかにも悪党《あくとう》ぢゃ。
白草の石之介　おのれこそ悪党《あくとう》ぢゃ。成敗《せいばい》してくれる。
二人《ふたり》、剣《けん》を抜《ぬ》く。お熊《くま》、お菊《きく》、登場《とうじょう》。
お熊　まずお待《ま》ちあれ。
白草の太郎冠者　申《もう》し、申《もう》し。旦那《だんな》さま、それ、そこに尼寺《あまでら》がござる。逃《に》げ込《こ》んでかくまうてもらひませう。

白草の石之介　それがよかろう。

白草の太郎冠者　さもなくばおだぶつでござる。

白草《しらくさ》の石之介《いしのすけ》と白草《しらくさ》の太郎冠者《たろうかじゃ》は、他《ほか》の連中《れんちゅう》を残《のこ》して、尼寺《あまでら》へ逃《に》げ込《こ》む。

お熊　まずお待《ま》ちあれ、まずお待《ま》ちあれ。それにつけても、家《いえ》に連《つ》れ帰《かえ》ったはずが、なぜにまたやって来《き》たのぢゃ。

（第十場了《だいじゅうばりょう》）

第十一場《だいじゅういちば》

静《しず》かで厳《おごそ》かな囃子《はやし》。

尼寺《あまでら》の庵主《あんじゅ》（実《じつ》は昔生《むかしい》き別《わか》れた妻《つま》、お恵美《えみ》）、登場《とうじょう》。

お恵美　皆《みな》の衆《しゅう》、お静《しず》かになされませ。なにごとでござりまする。

お熊　庵主《あんじゅ》さま、お寺《てら》に逃《に》げ込《こ》みましたる物狂《ものぐる》ひ、わが亭主《ていしゅ》を連《つ》れ戻《もど》しに参《まい》りました。どうぞ亭主《ていしゅ》をお返《かえ》しなされて下《くだ》されん。

庵主　いいえなりませぬ。ここは私《わたくし》の棲家《すみか》。この聖域《せいいき》へのがれた者《もの》は、特権《とっけん》により守《まも》られまする。私《わたくし》がそのお方《かた》の狂気《きょうき》をお治《なお》し申《もう》し、またはお治《なお》しできぬと分《わ》かりました時《とき》、こなたへお返《かえ》し致《いた》しませう。

お熊　妾《わらわ》はこの手《て》で亭主《ていしゅ》を看病《かんびょう》致《いた》しとうござる。

庵主　ご辛抱《しんぼう》なされ。私《わたくし》の知《し》る効験《こうけん》あらたかな治療《ちりょう》のすべてを尽《つ》くし、元通《もとどお》りの立派《りっぱ》な人間《にんげん》に立《た》ち返《かえ》らせませう。お引《ひ》き取《と》り下《くだ》され。（庵主《あんじゅ》、退場《たいじょう》）

お熊　庵主《あんじゅ》さま、庵主《あんじゅ》さま！　これは非道《ひどう》な仕打《しう》ちぢゃ。いや、お殿《との》さまに直訴《じきそ》致《いた》しませう。

お菊　さうぢゃ。お殿《との》さまにおすがりしませう。

金次郎　幸《さいわ》い、殿《との》さまはこちらに向《む》かわれているはずぢゃ。

お熊　それはまたどうした事《こと》でござる。

金次郎　されば、不運《ふうん》な白草《しらくさ》の商人《あきうど》が一人《いちにん》、今朝《こんちょう》この港《みなと》に入《はい》ったところを、不法《ふほう》な侵入《しんにゅう》と咎《とが》められ、この裏手《うらて》の暗《くら》い死刑場《しけいじょう》に捕《と》らわれてをりまする。夕刻五時《ゆうこくごじ》に首《くび》をはねられることになりまして、お殿《との》さまじきじきに立《た》ち合《あ》われるそうにござる。あれ、あれ、あれにお見《み》えになった。

お菊　姉上《あねうえ》さま、じかにお願《ねが》ひなされませ。

威厳《いげん》のある囃子《はやし》。

黒草《くろくさ》の領主《りょうしゅ》、白草《しらくさ》の商人直介《しょうにんなおすけ》（面つけ）と警吏《けいり》を従《したが》えて登場《とうじょう》。

領主　今一度《いまいちど》、おおやけに告《つ》げ知《し》らせよう。この者《もの》のために、定《さだ》められた金銀《きんぎん》を支払《しはら》おうとする者《もの》あらば、死刑《しけい》は無用《むよう》。それだけの情《なさけ》は、この国《くに》の掟《おきて》にもある。

お熊　お殿《との》さま、お裁《さば》きを。この寺《てら》の庵主《あんじゅ》にお裁《さば》きを。

領主　なんと申《もう》す。この寺《てら》の庵主《あんじゅ》は徳高《とくたか》いお方《かた》ぢや。訴《うった》へられるやうなことをなさるるとは思《おも》はれぬ。

お熊　わが亭主《ていしゅ》は、ただいま激《はげ》しい物狂《ものぐる》ひとなって、太郎冠者《たろうかじゃ》とともに乱暴狼藉《らんぼうろうぜき》。一度《いちど》は縛《しば》って捕《おさ》へましたが、再《ふたた》び現《あら》われ、この尼寺《あまでら》に逃《に》げ込《こ》みました。ところが、寺《てら》の庵主《あんじゅ》は門《もん》を堅《かた》く閉《と》ざして、妾《わらわ》たちを中《なか》にも入《い》れず、また亭主《ていしゅ》を渡《わた》すこともならぬと、申《もう》しまする。何卒《なにとぞ》、お殿《との》さまのご威光《いこう》をもって、亭主《ていしゅ》を妾《わらわ》のもとにお返《かえ》しなされてくだされ。

領主　よかろう、門《もん》を叩《たた》いて、庵主《あんじゅ》を呼《よ》びだせ。この場《ば》で決着《けっちゃく》をつけてとらせうぞ。

慌《あわただ》しい囃子《はやし》。

使《つか》ひの者《もの》、登場《とうじょう》。

使ひの者　申《もう》し、申《もう》し、奥様《おくさま》。お逃《に》げ下《くだ》され。お命《いのち》が危《あぶ》ない。旦那《だんな》さまと太郎冠《たろうか》者《じゃ》が縄《なわ》を抜《ぬ》け出《だ》して、藪右衛門《やぶえもん》どのを縛《しば》り上《あ》げ、髭《ひげ》に火《ひ》をつけ、頭《あたま》をつんつるてんに剃《そ》り上《あ》げました。

お熊　なにを言《い》う、旦那《だんな》さまも太郎冠者《たろうかじゃ》もこの寺《てら》の中《うち》にいるわいやい。

使ひの者　命《いのち》に賭《か》けて真《まこと》でござりまする。旦那《だんな》さまは怒鳴《どな》りまくって、女房《にょうぼう》はどこぢゃ、面《つら》の皮《かわ》をひんむいてやる、と。(奥《おく》で怒鳴《どな》る声《こえ》)いや、あれにお見《み》えになった。

お熊　なんと、真《まこと》に亭主《ていしゅ》でござる。ここかと思《おも》えばまたあちら。神出鬼没《しんしゅつきぼつ》か、透《とう》明人間《めいにんげん》か。

使ひの者　お逃《に》げ下《くだ》され、お逃《に》げ下《くだ》され。

領主　恐《おそ》るることはない。余《よ》のそばにいよ。

囃子《はやし》。

使《つか》ひの者《もの》、退場《たいじょう》。黒草《くろくさ》の石之介《いしのすけ》と黒草《くろくさ》の太郎冠者《たろうかじゃ》、登場《とうじょう》。

黒草の石之介　お裁《さば》きを、お殿《との》さま、お裁《さば》きを。お裁《さば》きを、お殿《との》さま、お裁《さば》きを。

白草の直介　（わきぜりふ。短《みじか》く直介《なおすけ》のモチーフ）おお、わしのこの頭《あたま》、死《し》ぬのが怖《こお》うて、ぼけはせまいか。これは石之介《いしのすけ》と太郎冠者《たろうかじゃ》ではないか。

黒草の石之介　お殿《との》さま、お裁《さば》きの相手《あいて》は、それ、そこの女《おんな》めにござりまする。

非道《ひどう》のかぎりを尽《つ》くし某《それがし》を侮辱《ぶじょく》し、名誉《めいよ》に泥《どろ》を塗《ぬ》りました。
領主　事《こと》の次第《しだい》、言《ゆ》ふてみよ。領主《りょうしゅ》の裁《さば》きは常《つね》に公正《こうせい》ぢゃ。
黒草の石之介　今日《きょう》の昼《ひる》、この女《おんな》は某《それがし》を家《いえ》から締《し》め出《だ》して、中《なか》でいかがわしい男《おとこ》たちと飲《の》み騒《さわ》いでをりました。
領主　なに、それはけしからぬ。そなた、そのやうなことをしたのか。
お熊　滅相《めつそう》もない。今日《きょう》のお昼食《ちゆうしょく》は、妾《わらわ》と、亭主《ていしゅ》と、妹《いもうと》の三人《さんにん》で致《いた》しました。
お菊　ただいま姉《あね》が申《もう》し上《あ》げたことにもし偽《いつわ》りござらば、妾《わらわ》もどのやうなお仕置《しお》きも受《う》けませう。
金次郎　（わきぜりふ）嘘《うそ》つきの女《おんな》たちめ。このことについては狂人《きょうじん》の言葉《ことば》の方《ほう》に理《り》があるわい。
黒草の石之介　お殿《との》さま、某《それがし》が申《もう》し上《あ》げることは正気真実《しょうきしんじつ》そのものでございまする。この女《おんな》が某《それがし》を昼《ひる》の食卓《しょくたく》より締《し》め出《だ》しましたことは、この金細工師《きんざいくし》が証言致《しょうげんいた》しませう。

金次郎　お殿《との》さま、このお方《かた》が家《いえ》から締《し》め出《だ》されてお昼《ひる》を食《た》べませぬことは、
私《わたくし》が証言致《しようげんいた》します。

領主　さてさて複雑至極《ふくざつしごく》の訴《うつた》へかな。みなうち揃《そろ》うて魔法《まほう》の酒《さけ》でも食《く》ろうたか。
この人物《じんぶつ》を寺《てら》に追《お》い込《こ》んだとあれば、この人物《じんぶつ》は寺《てら》の中《うち》にいるはずぢや。もし
気《き》が狂《くる》ふておれば、このやうに冷静《れいせい》な申《もう》し立《だ》てはせぬであらう。そもそも夫《おっと》は
家《いえ》で昼飯《ひるめし》を食《た》べたのか、食《た》べなかったのか。こりや、その方《ほう》はどう思《おも》ふ。

黒草の太郎冠者　は、旦那《だんな》さまは茶屋《ちやや》でご飯《はん》を召《め》し上《あ》がりました。

領主　これは奇怪《きつかい》ぢや。庵主《あんじゆ》を呼《よ》べ。

警吏　畏《かしこ》まってござる。

警吏《けいり》、庵主《あんじゆ》を呼《よ》びに退場《たいじよう》。

領主　その方《ほう》たち、目《め》がくらんだか、気《き》が狂《くる》ふたか、いずれかであらう。

白草の直介　お殿《との》さま、一言申《いちごんもう》し上《あ》げたいことがござりまする。
領主　白草《しらくさ》の商人《あきうど》よ、なんなりと申《もう》してみよ。
白草の直介　ひょっとすると、私《わたくし》の身代金《みのしろきん》を払《はら》い、命《いのち》を救《すく》うといふ者《もの》がここに居《い》るやもしれませぬ。
領主　それはいか様《よう》なことぢや。
白草の直介　のうのうそこなお人《ひと》、そなたの名《な》はもしや石之介《いしのすけ》ではござらぬか。また、そちは太郎冠者《たろうかじゃ》ではないか。
黒草の石之介　いかにも、石之介《いしのすけ》ぢや。
黒草の太郎冠者　いかにも、太郎冠者《たろうかじゃ》ぢや。
白草の直介　ならば二人《ふたり》とも、このわしを覚《おぼ》えているであらうのう。
黒草の石之介　いや、覚《おぼ》えてはをりませぬ。
白草の直介　なぜにそのようなよそよそしい顔《かお》をする。わしをよう知《し》っているであらうが。

黒草の石之介　いいや、会《あ》うたこともござりませぬ。

白草の直介　ああ、なんということぢゃ。そなたと別《わか》れて以来《いらい》、あまりに多《おお》くの悲《かな》しみに遭《あ》うたため、この顔《かお》はそれほどまでに老《お》いやつれ、変《か》わり果《は》ててしまうたか。されども、わしの声《こえ》には聞《き》き覚《おぼ》えがあらうぞ。

黒草の石之介　いいや。

白草の直介　太郎冠者《たろうかじゃ》、そちはどうぢゃ。

黒草の太郎冠者　いいや。

白草の直介　時間《じかん》とは残酷《ざんこく》なものぢゃ。わずかの年月《としつき》ゆえに、親《おや》の声《こえ》が分《わ》からなうなるとはのう。（泣《な》く）さりながら、この身《み》には――目《め》も耳《みみ》も衰《おとろ》へ、冬枯《ふゆが》れの白髪《しらが》をふりたて、消《き》えなんとする命《いのち》のともし火《び》にすがるこの身《み》には――分《わ》かるぞ。そなたはわが息子《むすこ》石之介《いしのすけ》ぢゃ、と。

黒草の石之介　某《それがし》に父《ちち》はをりませぬ。

白草の直介　ああこれこれ。たった五年前《ごねんまえ》、白草《しらくさ》で、このわしと別《わか》れたではないか。息子《むすこ》よ、それともこのみすぼらしい老人《ろうじん》を父《ちち》と認《みと》むるが恥《は》づかしいか。

黒草の石之介　白草《しらくさ》になど参《まい》ったこともござりませぬ。

白草《しらくさ》の直介《なおすけ》、泣《な》く。

領主　白草《しらくさ》の商人《あきうど》よ。今《いま》の石之介《いしのすけ》の言葉《ことば》に偽《いつわ》りはない。余《よ》が保証致《ほしょういた》す。どうやら老《お》いの身《み》に死《し》の時《とき》が迫《せま》り、錯乱《さくらん》したのであらう。

囃子《はやし》。

白草《しらくさ》の石之介《いしのすけ》と白草《しらくさ》の太郎冠者《たろうかじゃ》（ともにダミー）が、庵主《あんじゅ》とともに登場《とうじょう》。

庵主　お殿《との》さま、私《わたくし》がかくまうてをりましたこのお方《かた》に、どうかご謁見《えっけん》を。

お熊　やや、これは、この目《め》が狂《くる》うたか、妾《わらわ》の亭主《ていしゅ》が二人《ににん》いる。

領主　生《い》き写《うつ》しとはこのことか。まったく区別《くべつ》がつかぬ。なんと召使《めしつかい》のほうも同《おな》じぢや。

白草の太郎冠者　私《わたくし》が真《まこと》の太郎冠者《たろうかじゃ》でござる。あれは追《お》い払《はろ》うて下《くだ》され。

黒草の太郎冠者　私《わたくし》が真《まこと》の太郎冠者《たろうかじゃ》でござる。これは偽物《にせもの》でござる。

白草の石之介　父上《ちちうえ》ではござりませぬか。それとも亡霊《ぼうれい》か。

白草の太郎冠者　お懐《なつか》しや、大旦那《おおだんな》さま。なぜに縛《しば》られていまする。

庵主　なぜに縄《なわ》を受《う》けたかは存《ぞん》じませぬが、その縄《なわ》、私《わたくし》が解《と》いて進《しん》じませう。このお方《かた》が自由《じゆう》になれば、私《わたくし》は夫《おっと》を取《と》り戻《もど》すことになりませう。おお、ここな人《ひと》、こなたには昔《むかし》お恵美《えみ》という妻《つま》がありませなんだか。その妻《つま》は玉《たま》のような双子《ふたご》の男《おとこ》の子《こ》を産《う》みませなんだか。もしこなたがそのお方《かた》、直介《なおすけ》さまならば、妾《わらわ》がそのお恵美《えみ》、海《うみ》に呑《の》まれて生《い》き別《わか》れた妻《つま》でござりまする。

領主　この男《おとこ》が今朝《こんちょう》語《かた》ってをった身《み》の上話《うえばなし》と、寸分《すんぶん》たがはぬ話《はなし》ではないか。瓜《うり》二《ふた》つの二人《ふたり》の息子《むすこ》、見分《みわ》けのつかぬ二人《ふたり》の召使《めしつかい》、嵐《あらし》の海《うみ》、難破《なんぱ》、生《い》き別《わか》れの話《はなし》。間違《まちが》いない。この二人《ふたり》が、この二人《ふたり》の両親《ふたおや》ぢゃ。一族《いちぞく》が再会《さいかい》したのぢゃ。

白草の直介　〽これは夢《ゆめ》かやうつつかや。寝《ね》てかさめてかあらうれしやな、中々《なかなか》に。報《むく》われたりける浮《う》き世《よ》かな。さて岩《いわ》に割《さ》かるる帆柱《ほばしら》に、汝《なんじ》とともにすがりたる、我《わ》が緑子《みどりご》の片割《かたわ》れは、いかなる浮《う》き世《よ》にあらざらん。

庵主　〽小船《こぶね》にすがりて助《たす》かるも、賊徒《ぞくと》にあいて淡路島《あわじしま》。親子《おやこ》の縁《えにしき》切れはてて、妾《わらわ》は寺《てら》に流《なが》れ着《つ》く。

庵主《あんじゅ》、泣《な》く、一同《いちどう》も続《つづ》けて泣《な》く。

領主　石之介《いしのすけ》、そちはもともと淡路《あわじ》の方《ほう》からこの国《くに》へ来《き》たのであったな。

白草の石之介　いや、私《わたくし》は白草《しらくさ》から参《まい》りました。

領主　えーい、これこれ。二人《ふたり》とも、もそっと離《はな》れてをらぬか。紛《まぎ》らわしうてならぬわ。

黒草の石之介　仰《おお》せのとおり私《わたくし》は淡路《あわじ》より参《まい》りました。
黒草の太郎冠者　私《わたくし》も一緒《いっしょ》でござりまする。
お熊　今日《きょう》妾《わらわ》とお昼《ひる》を食《た》べたは、どちらでござる。
白草の石之介　某《それがし》でござる。
お熊　さては、こなたは妾《わらわ》の亭主《ていしゅ》ではない？
黒草の石之介　ない、ない。身《み》どもが断言致《だんげんいた》す。
白草の石之介　某《それがし》も断言致《だんげんいた》しまする。さて、こちらのたおやかなご婦人《ふじん》は、某《それがし》を兄《あに》とお呼《よ》びになった。それは間違《まちが》いであったこと、お分《わ》かりいただけませう。
金次郎　申《もう》し、申《もう》し、それは例《れい》の帯留《おびど》めではござらぬか。
白草の石之介　いかにもさやうで、否定《ひてい》は致《いた》しませぬ。
黒草の石之介　して、その帯留《おびど》めのことで某《それがし》を逮捕《たいほ》させたな。
金次郎　いかにもさやうで。否定《ひてい》は致《いた》しませぬ。
お熊　太郎冠者《たろうかじゃ》、保釈金《ほしゃくきん》をそちに渡《わた》したではないか。

黒草の太郎冠者　いいや、それは私《わたくし》ではござりませぬ。
白草の石之介　そなたの渡《わた》した財布《さいふ》、確《たし》かにこの太郎冠者《たろうかじゃ》から受《う》け取《と》りました。
黒草の石之介　この財布《さいふ》の中身《なかみ》をもちまして、父《ちち》の助命《じょめい》をお願《ねが》ひ申《もう》し上《あ》げまする。
領主　その必要《ひつよう》はない。処刑《しょけい》は取《と》り止《や》めぢや。
庵主　お殿《との》さま、畏《おそ》れながらこの寺《てら》の中《なか》までお運《はこ》び頂《いただ》き、私《わたくし》どもの有為転変《ういてんぺん》の物語《ものがたり》、詳《くわ》しくお耳《みみ》に入《い》れたう存《ぞん》じまする。また、お集《あつ》まりの皆《みな》の衆《しゅう》、今日一日《きょういちにち》のまちがい騒《さわ》ぎに巻《ま》き込《こ》まれた方々《かたがた》、どうぞ一緒《いっしょ》にお出《い》で下《くだ》され。償《つぐな》いはたっぷりさせて頂《いただ》きませう。おお、わが二人《ふたり》の息子《むすこ》たちよ、妾《わらわ》はまるで三十年《さんじゅうねん》にわたる陣痛《じんつう》をへて、今《いま》やっとそなたたちを産《う》み落《お》としたやうな心地《ここち》ぢや。息子《むすこ》たちと同《おな》じ時《とき》に生《う》まれたそちたちもぢや。新《あら》たな誕生《たんじょう》の祝《いわ》いの席《せき》に、さあさあ、どうぞお出《い》で下《くだ》され。長《なが》い長《なが》い悲《かな》しみののちに、嬉《うれ》しい嬉《うれ》しい幸《さいわ》いを得《え》た妾《わらわ》と、喜《よろこ》びを分《わ》かち合《あ》うて下《くだ》され。
領主　その宴《うたげ》、喜《よろこ》んで加《くわ》わらせて頂《いただ》こう。

宴《うたげ》の囃子《はやし》がすでに聞《き》こえている。
両石之介《りよういしのすけ》と両太郎冠者《りようたろうかじや》を残《のこ》して、一同退場《いちどうたいじよう》。

白草の太郎冠者　旦那《だんな》さま、船《ふね》の荷物《にもつ》を降《お》ろしてきませうか。
黒草の石之介　荷物《にもつ》ぢやと?
白草の太郎冠者　旅籠《はたご》に預《あず》けてあった荷物《にもつ》のこと。
白草の石之介　こりや、そちの主《あるじ》は身《み》どもぢや。荷物《にもつ》はあとで良《よ》い。某《それがし》たちと一緒《いつしよ》に参《まい》れ。そちたち兄弟《きようだい》も、抱《いだ》き合《あ》ふが良《よ》かろう。

二人《ふたり》の石之介《いしのすけ》、一緒《いつしよ》に退場《たいじよう》。
囃子《はやし》はまだつづいている。

白草の太郎冠者　おまえの主人《しゆじん》の家《いえ》に太《ふと》った女《おんな》がいるな。あれは、これから、おれの姉貴《あねき》か。女房《にようぼう》ぢゃなくって、よかった、よかった。
黒草の太郎冠者　お前《まえ》、弟《おとうと》といふより鏡《かがみ》ぢゃな。おれもなかなか二枚目《にまいめ》ぢゃと分《わ》かるぞ。よし、そろそろ宴《うたげ》の様子《ようす》を見《み》に行《ゆ》くか。
白草の太郎冠者　それならば、どうぞお先《さき》に。そちらが年上《としうえ》ではありませぬか。
黒草の太郎冠者　いや、それはどうかな。どうやって確《たし》かみょうぞ。
白草の太郎冠者　いずれ籤《くじ》でも引《ひ》いてみるとして、まずはお先《さき》に。
黒草の太郎冠者　まず。
白草の太郎冠者　まず。
白草・黒草の太郎冠者　まず。（笑《わら》う）
黒草の太郎冠者　それならば、おれたち兄弟《きようだい》はこの世《よ》といふ舞台《ぶたい》に一緒《いっしょ》に出《で》た。ならば、退場《たいじょう》する時《とき》も一緒《いっしょ》に退場《たいじょう》しようではないか。
白草の太郎冠者　それが良《よ》かろう。

幕《まく》におカ《りき》の影《かげ》。黒草《くろくさ》の太郎冠者《たろうかじや》が入《はい》り、白草《しらくさ》の太郎冠者《たろうかじや》がぽつねんと舞台《ぶたい》に残《のこ》る。

（第十一場了《だいじゅういちばりよう》）

エピローグ

白草《しらくさ》の太《た》郎《ろう》冠《か》者《じゃ》、仮面《かめん》をはずし、見入《みい》る。やがて、ゆっくりと次《つぎ》のせりふを言《い》う。

白草の太郎冠者　わたしがそなたで、そなたがわたし。
そも、わたしとは、なんぢゃいな。
ややこしや、ややこしや。
ややこしや、ややこしや。

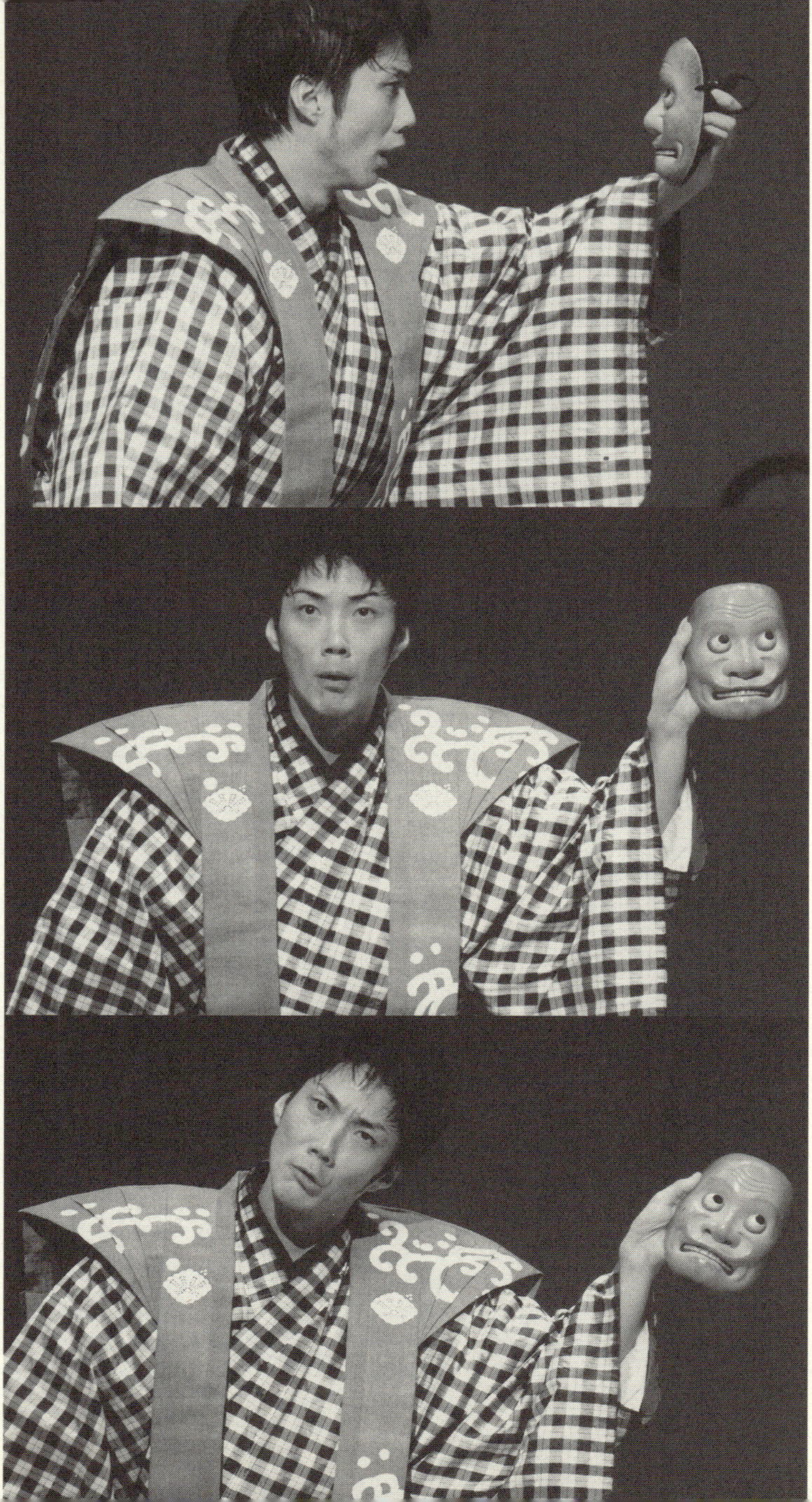

そも、わたしとは、なんぢやいな。

おもてがござれば、うらがござる。
かげがござれば、ひかりがござる。
ややこしや、ややこしや。
ややこしや、ややこしや。

ひとりでふたり、ふたりでひとり。
うそがまことで、まことがうそか。
ややこしや、ややこしや。
ややこしや、ややこしや。
ややこしや、ややこしや。

（全篇完《ぜんぺんかん》）

太郎冠者：野村萬斎
庵主：野村万之介
白草の直介：野村万作
石之介：石田幸雄

「まちがいの狂言」グローバル・バージョン舞台写真 © 石川純

法螺侍

登場人物《とうじょうじんぶつ》

洞田助右衛門《ほらたすけえもん》　六十代半《ろくじゅうだいなか》ば・侍《さむらい》・浪人《ろうにん》・大兵肥満《だいひょうひまん》・法螺吹《ほらふ》き・好色《こうしょく》・呑《の》んべえ・大《たい》食《しょく》・詐欺《さぎ》・借金踏《しゃきんふ》み倒《たお》し・臆病《おくびょう》

太郎冠者《たろうかじゃ》　洞田助右衛門《ほらたすけえもん》の従者《じゅうしゃ》

次郎冠者《じろうかじゃ》　同右《どうみぎ》

焼兵衛《やきべえ》　町人《ちょうにん》（変装《へんそう》して餅兵衛《もちべえ》）・焼餅《やきもち》やき

お松《まつ》　焼兵衛《やきべえ》の女房《にょうぼう》

お竹《たけ》　町人平兵衛《ちょうにんへいべえ》の女房《にょうぼう》

（一）

洞田《ほらた》助右衛門《すけえもん》、謡《うた》いながら、太郎冠者《たろうかじや》と次郎冠者《じろうかじや》を従《したが》えて登場《とうじよう》。

洞田助右衛門　（謡《うた》いながら）これはこの辺《あた》りに住《す》まひ致《いた》す、いや、この辺《あた》りに仮住《かりず》まひ致《いた》す、洞田《ほらた》助右衛門《すけえもん》と申《もう》す侍《さむらい》です。ひくつ、ういー。いや、ちと酔《よ》うた。世《よ》の中《なか》に酔《よ》ふほど楽《らく》はなきものを、浮《う》き世《よ》の馬鹿《ばか》は醒《さ》めて働《はたら》く。身《み》どものこの腹《はら》の中《なか》には、人《ひと》の世《よ》のすべての快楽《けらく》が詰《つ》まつてをる。されば、このやうに膨《ふく》らんでをるのも、当然《とうぜん》のことぢや（笑）。ういー、ひくつ。近《ちか》ごろつくづく思《おも》ふに、世《よ》の中《なか》、まつこと悪《わる》うなつた。身《み》どもは、その昔《むかし》、将軍家《しようぐんけ》の若殿《わかとの》とこのうへなく親《した》しい仲《なか》であつた。ともども大酒《おおざけ》も呑《の》み、辻盗人《つじぬすびと》の真似《まね》もした、ま、ふと思《おも》ひついて致《いた》いた悪《わる》さは数限《かずかぎ》りもない。まこと心《こころ》ゆくまで楽《たの》しんだものぢや。さりながら、その若殿《わかとの》が、親《おや》の跡《あと》を継《つ》いで将軍《しょうぐん》になるといふその日《ひ》に、この刎《ふん》頸《けい》の友《とも》、洞田助右衛門様《ほらたすけえもんさま》をば追放《ついほう》しをつた。公序良俗《こうじょりょうぞく》を乱《みだ》す不逞《ふてい》の輩《やから》などとぬかしをつてな。人情紙《にんじょうかみ》の如《ごと》しとは、このことぢや。上《かみ》は将軍《しょうぐん》、下《しも》は足軽《あしがる》、町《ちょう》人《にん》、百姓《ひゃくしょう》にいたるまで、どいつもこいつも薄《うす》つぺらのへなちよこ人間《にんげん》に成《な》り果《は》ててしまうた。天下《てんが》治《おさ》まり目出度《めでた》い御代《みよ》どころか、もはや世《よ》も末《すえ》ぢや。身《み》どものやうな性高潔《せいこうけつ》なる侍《さむらい》にとつては、いかにも住《す》みづらいことぢや。さあ、そこで酒《さけ》ぢや、酒《さけ》ぢや、やいやい太郎冠者《たろうかじゃ》、をるかやい。

太郎冠者　はあ、お前《まえ》に。

洞田助右衛門　よいか、このやうなうとましい世《よ》の中《なか》ぢやによつて、いよいよ楽《たの》しう生《い》きていかねばならん。たとへ昔《むかし》がよかつたからというて、思《おも》ひ出《で》に生《い》きるなどといふは、老《お》いぼれたるしるしよ。身《み》どもは浪人《ろうにん》ではあるが、老人《ろうじん》ではないぞ。乙女《おとめ》らよ、また中年《ちゆうねん》の男《おとこ》たちよ、こんにちただいまを面白《おもしろ》う生《い》きよ。
さあ、さあ、酒《さけ》ぢや。酒《さけ》を持《も》て。
太郎冠者　畏《かしこ》まつてござる。はあ、酒《さけ》を持《も》ちましてござる。
洞田助右衛門　念《ねん》なう早《はや》かつた。早《はよ》う注《つ》げ、早《はよ》う注《つ》げ。
太郎冠者　心得《こころえ》ました。ドブ、ドブドブドブ。
洞田助右衛門　汝《なんじ》も呑《の》め。
太郎冠者　ありがとふ存《ぞん》じまする。ドブ、ドブドブドブ。
洞田助右衛門　やいやい、次郎冠者《じろうかじや》、をるかやい。
次郎冠者　はあ。
洞田助右衛門　汝《なんじ》も呑《の》め。
次郎冠者　かたじけのふ存《ぞん》じまする。
太郎冠者　さあ、さあ、お呑《の》みやれ。ドブ、ドブドブドブ。
洞田助右衛門　もつと注《つ》げ、もつと注《つ》げ。

太郎冠者　心得《こころえ》ました。ドブ、ドブドブドブ。

洞田助右衛門　もつと注《つ》げ、もつと注《つ》げ。

太郎冠者　心得《こころえ》ました。ドブ、ドブドブドブ。ピシヨピシヨピシヨ。

洞田助右衛門　やい太郎冠者《たろうかじや》、なぜにそのやうに浮《う》かぬ顔《かお》をしてをる。

太郎冠者　じつは、もはや酒《さけ》がござりません。

洞田助右衛門　なにをたはけめ。なぜもつと用意《ようい》しておかんのぢや。早《はよ》う持《も》つて来《こ》い。

次郎冠者　じつは、金《かね》もござりませぬ。

洞田助右衛門　金《かね》ぢやと？　金《かね》がなんぢや。亭主《ていしゆ》に言《い》ふて、つけにして取《と》つて来《こ》い。

太郎冠者　つけはもう駄目《だめ》ぢやと、申《もう》しまする。

次郎冠者　宿賃《やどちん》が先《さき》ぢやと、申《もう》してをりまする。

太郎冠者　宿賃《やどちん》と酒代《さかだい》と、勘定書《かんじようがき》が山《やま》のごとくに積《つ》もつて、催促《さいそく》も急《きゆう》でござる。

それがし、肩身《かたみ》が狭《せも》うて、外《そと》をも歩《あ》りかれませぬ。

洞田助右衛門　この腰抜《こしぬ》けめ。（太郎冠者《たろうかじゃ》をぶつ。太郎冠者《たろうかじゃ》「あいた、あいた」）そんな意気地《いくじ》のないことで天下《てんが》の洞田助右衛門様《ほらたすけえもんさま》の家来《けらい》が勤《つと》まるか。こりや、次郎冠者《じろうかじゃ》、そち行《い》つて参《まい》れ。

次郎冠者　そのう、それがしも、宿賃《やどちん》の一部《いちぶ》なりとも持参致《じさんいた》しませんと、亭主《ていしゅ》に顔《かお》を合《あ》はせにくうございまして――

洞田助右衛門　ええい、兵六玉《ひょうろくだま》め。（次郎冠者《じろうかじゃ》をぶつ）どいつもこいつも、金《かね》、金《かね》、金《かね》のことばかり。五月《ごがつ》の蠅《はえ》のかなぶんぶん、うるさうて、酒《さけ》の味《あじ》までまづうなるわ。（一息《ひといき》ついて）さうぢや、一《ひと》つ思《おも》ひついたことがある。この町《まち》の商人《あきうど》に、焼兵衛《やきべえ》と平兵衛《へいべえ》と言《い》ふ者《もの》がをる。その女房《にょうぼう》のお松《まつ》とお竹《たけ》、この二人《ふたり》の女《おんな》が身《み》どもにぞつこん惚《ほ》れてをる――と信《しん》ずべき証拠《しょうこ》がある。いや、たとへ証拠《しょうこ》などなくとも、女《おんな》に懸想《けそう》さるるは身《み》どもの定《さだ》めと、諦《あきら》めてをる。そこでぢや、これより女二人《おんなふたり》に付《つ》け文《ぶみ》などしたためてぢや――（手紙《てがみ》を取《と》りに行《い》く）

太郎冠者　（次郎冠者《じろうかじゃ》に目《め》くばせして）そうりや、頼《たの》うだお方《かた》のもひとつの虫《むし》が動《うご》きだしたやうぢや。

次郎冠者　困《こま》つたものぢや。好《す》きなものは酒《さけ》ばかりではないわ。

洞田助右衛門　汝《なんじ》らこれを持《も》つていよ。（二人《ふたり》「はあ」。手紙《てがみ》を書《か》きながら）女《おんな》との逢《あ》ふ瀬《せ》をば取《と》り決《き》め、女《おんな》どもを喜《よろこ》ばせ、合《あ》はせて金《かね》を貢《みつ》がする（笑）。どうぢや、これに過《す》ぎたる名案《めいあん》はあるまい。（手紙《てがみ》を二通《につう》、書《か》き上《あ》げて）さて、二丁《にちょう》あがりぢや。汝《なんじ》ら、早《はよ》うこの文《ふみ》を二人《ふたり》の女《おんな》に届《とど》けて参《まい》れ。

太郎冠者　恐《おそ》れながら、いかに頼《たの》うだお方《かた》のお言《い》ひ付《つ》けとは申《もう》せ、女色《にょしょく》のための走《はし》り使《づか》ひは、真《ま》つ平《ぴら》でござる。それがしにも、名誉《めいよ》と申《もう》すものがござりまする。

洞田助右衛門　なに、名誉《めいよ》ぢやと。（逆上《ぎゃくじょう》して、太郎冠者《たろうかじゃ》を足蹴《あしげ》にして、太郎冠者《たろうかじゃ》「ああいた、あいた。ああいた、あいた」）痴《し》れ者《もの》めが。（次郎冠者《じろうかじゃ》に）そちはどうぢや。そちにも、名誉《めいよ》とやらがあるか。

次郎冠者　はあ、少《すこ》しは。

洞田助右衛門　抜《ぬ》かしをつたな。（次郎冠者《じろうかじゃ》の首《くび》を押《お》さえつけて）このど阿呆者《あほうもの》め。名誉《めいよ》とはなんぢや。言葉《ことば》の切《き》れつぱし、空《から》つぽの空気《くうき》ぢやわい。たとへばの話《はなし》、侍《さむらい》が名誉《めいよ》のために戦《いく》さに行《い》く。その戦《いく》さの場《ば》で失《うしの》うた手足《てあし》が名誉《めいよ》で元《もと》に戻《もど》るか。たはけめ、戻《もど》ることはないわ。（太郎冠者《たろうかじゃ》を追《お》い回《まわ》す）ばつくり開《ひら》いた傷口《きずぐち》が名誉《めいよ》で治《なお》るか。でくの坊め、これつぽつちも治《なお》るものか。賢者《けんじゃ》の生《い》きかたはただ一《ひと》つ、（両人《りょうにん》をかかえこんで）よいか、耳《みみ》の穴《あな》をかつぽじいてよく聞《き》けよ、「宴《うたげ》の庭《にわ》にはいの一番《いちばん》、戦《いく》さの庭《にわ》にはびりつけつ」。さあ、名誉《めいよ》の、掟《おきて》のと、ぐじやぐじや吐《ぬ》かすかはりに、さつさと文《ふみ》を届《とど》けて参《まい》れ。さもないと、二度《にど》と目通《めどお》りは叶《かな》はぬぞ。

次郎冠者　あ、参《まい》りまする、参《まい》りまする。

洞田助右衛門　急《いそ》いで行《い》きをれ。

太郎冠者　（皮肉《ひにく》に）世《よ》の中《なか》に勝《か》てないものが三《みっ》つあると申《もう》しまするな。泣《な》く子《こ》と、地頭《じとう》と、酔《よ》つ払《ぱら》ひで女好《おんなず》きの主人《しゅじん》。

太郎冠者：野村萬斎
洞田助右衛門：野村万作
次郎冠者：月崎晴夫

耳《みみ》の穴《あな》をかっぽじいてよく聞《き》けよ

洞田助右衛門　なに、なんと言《い》ふた？
太郎冠者　いえ、古《ふる》い諺《ことわざ》を一《ひと》つ思《おも》ひ出《だ》しただけで。（二人《ふたり》、文《ふみ》をもって退場《たいじょう》しかかる）
洞田助右衛門　ううい、眠《ねむ》たうなつてきたぞ。やい、抜《ぬ》け作《さく》どもめ、さつさと行《い》かぬかいやい。身《み》どもはこれから一眠《ひとねむ》りする。良《よ》い知《し》らせをもつて戻《もど》つて参《まい》れよ。グー、グー、グー。（眠《ねむ》りこむ）
太郎冠者　（橋《はし》がかりで）頼《たの》うだお方《かた》も、昔《むかし》、羽振《はぶ》りが良《よ》かつたころは、仕《つか》へていても面白《おもしろ》い人《ひと》であつたな。
次郎冠者　その通《とお》りぢや。
太郎冠者　さりながら、浪々《ろうろう》の身《み》となり、尾羽《おは》打《う》ち枯《か》らして、貧《ひん》すりや鈍《どん》す、この田舎町《いなかまち》に流《なが》れてきて、この旅籠《はたご》に居《い》つづけるうちに、口《くち》やかましゆう、荒々《あらあら》しゆうなつた。今《いま》のやうに殴《なぐ》る、打《う》つの乱暴《らんぼう》には、ほとほと腹《はら》が立《た》つなあ。
次郎冠者　もはや、堪忍袋《かんにんぶくろ》の緒《お》が切《き》れた。

太郎冠者　さうぢや、この文《ふみ》を渡《わた》すときに、洗《あら》ひざらひお松様《まつさま》に申《もう》し上《あ》げ、一緒《いつしよ》になんぞ企《たくら》みを致《いた》いて、頼《たの》うだ人《ひと》に恨《うら》みを晴《は》らそうではないか。

次郎冠者　これは一段《いちだん》とよからう。それがしはお竹様《たけさま》に申《もう》しあぎよう。

太郎冠者　それがしは焼兵衛殿《やきべえどの》に告《つ》げ口致《ぐちいた》すことにしよう。

二人《ふたり》、退場《たいじよう》する。

（二）

洞田《ほらた》助右衛門《すけえもん》、眠《ねむ》ったまま。

お松《まつ》とお竹《たけ》、橋《はし》がかりに登場《とうじょう》。互《たが》いに自分宛《じぶんあ》ての手紙《てがみ》を読《よ》み上《あ》げて、比《くら》べあう。

お松　（手紙途中《てがみとちゅう》より）なになに、「わが燃《も》ゆる想《おも》ひをば、」

お竹　「そも何《なに》に喩《たと》ふべきや。」

二人　「泰西《たいせい》に名高《なだか》き芝居《しばい》あり——」

お松　「ロミオなる若者《わかもの》が」

お竹　「ジュリエットなる乙女《おとめ》をば恋《こ》ひ慕《した》ふ。」

お松　おお、ジュリエット。
お竹　ロミオ。（二人、笑《わら》う）
お松「拙者《せつしや》、若者《わかもの》と名乗《なの》らんには、僅《わず》かながら齢《よわい》を重《かさ》ね、」
お竹「僅《わず》か」ぢやと。
お松「そなたもまた、乙女《おとめ》とは言《い》ひがたし。」それはさうぢやが。
お竹「とは言《い》へ、われら、徒《いたずら》に馬齢《ばれい》を加《くわ》へたるにあらず。拙者《せつしや》の」
二人「大《おお》いなる腹《はら》は若者《わかもの》の及《およ》ばざる中年《ちゆうねん》の力《ちから》を表《あら》わし――」（揃《そろ》って笑《わら》う）
お竹　これはこれは、自信《じしん》たつぷりなこと。
お松「そなたの目尻《めじり》の皺《しわ》もまた中年《ちゆうねん》の色香《いろか》を引《ひ》き立《た》つるものと言《い》ふべきか。」
お竹　あの人《ひと》も妾《わらわ》たちも、同《おな》じ「中年《ちゆうねん》」か。
お松「われら、ともに人《ひと》の世《よ》の半《なか》ばにありて、」
お竹「相擁《あいよう》して、」
お松「命《いのち》の喜《よろこ》びを味《あじ》わひ尽《つ》くさざるべからず。」

二人　「わが胸《むね》のこの熱《あつ》き炎《ほのお》に、」
お松　「色好《いろよ》うご返事《へんじ》あれ。美《うる》はしのー」
お竹　「美《うる》はしの」
お松　「奥方殿《おくがたどの》に」
二人　「焦《こ》がるる恋《こい》の奴《やつこ》、洞田《ほらた》助《すけ》右衛門《えもん》、頓首《とんしゅ》ー」
お松　「お松殿参《まつどのまい》る」
お竹　「お竹殿参《たけどのまい》る」（二人《ふたり》、揃《そろ》って大笑《おおわら》いする）
お松　こりや、なるほど、太郎冠者《たろうかじゃ》の申《もう》したとおり、二通《につう》とも寸分《すんぶん》たがはぬ付《つ》け文《ふみ》ぢや。
お竹　まことに次郎冠者《じろうかじゃ》の告《つ》げ口《ぐち》のとおりぢや。あの老《お》いぼれ侍《ざむらい》、よくもまあこのやうな戯《たわむ》れを。
お松　こりや、法螺《ほらふ》吹きの助平《すけべえ》右衛門殿《えもんどの》ぢや。（揃《そろ》って、笑《わら》う）太郎冠者《たろうかじゃ》の申《もう》すには、あの法螺侍《ほらざむらい》、女《おんな》に惚《ほ》れらるるは定《さだ》めぢやなどと思《おも》うてをるさうな。

お竹　片腹痛《かたはらいた》いこと。
お松　まつたい町人《ちようにん》の女房《にようぼう》にこのやうな真似《まね》をして、すまさるるものか。なう、お竹殿《たけどの》、あの色男《いろおとこ》気取《きど》りの、むさいお侍殿《さむらいどの》に、きつう灸《きゆう》をすえてやらうではないか。
お竹　あれほどたつぷり脂身《あぶらみ》が付《つ》いてをれば、さぞ、よう燃《も》えませうぞ。
お松　さあさあ、おつつけ思《おも》ひ知《し》らせませう。

二人《ふたり》、相談《そうだん》しながら退場《たいじよう》。

（三）

洞田《ほらた》助右衛門《すけえもん》、なおも眠《ねむ》ったまま。
焼兵衛《やきべえ》、餅兵衛《もちべえ》に変装《へんそう》して登場《とうじょう》、橋《はし》がかりで独白《どくはく》。

焼兵衛　これはこの町《まち》に住《す》まひする焼兵衛《やきべえ》と申《もう》す商人《あきうど》でござる。総《そう》じて、焼餅《やきもち》と申《もう》すものは真実《しんじつ》、人間《にんげん》の地獄《じごく》でござる。この業火《ごうか》に身《み》を焼《や》きたうなければ、女房《にょうぼう》を娶《めと》らぬに限《かぎ》る。かやうに申《もう》すもわが女房《にょうぼう》お松《まつ》のことでござるが、太郎冠《たろうか》者《じゃ》と申《もう》す者《もの》より身《み》どもに注進《ちゅうしん》がござつて、お松《まつ》に言《い》ひ寄《よ》らんとする侍《さむらい》がいると申《もう》す。その名《な》は洞田《ほらた》助右衛門《すけえもん》と聞《き》いた。わが疑《うたが》ひつのりて、もはや我慢《がまん》ならぬ。

この苦《くる》しみを去《さ》るには、疑《うたが》ひを確《たし》かむるよりほかはござるまいによつて、かやうに身《み》をやつし、名前《なまえ》をたばかつて、かの侍《さむらい》を訪《たず》ねてみようと存《ぞん》ずる。（常座《じょうざ》で呼《よ》ばわる）物《もの》もう。洞田殿《ほらたどの》、居《い》さしますか。

洞田助右衛門　（声《こえ》に目《め》を醒《さ》まして、起《お》きあがる）物《もの》もとはどなたぢや。つうつと通《とお》らせられい。

焼兵衛　これはこの町《まち》に住《す》まひする餅兵衛《もちべえ》と申《もう》す商人《あきうど》でござる。折《お》り入《い》つて頼《たの》みごとがござつて参上致《さんじょういた》しました。

洞田助右衛門　して頼《たの》みとは、いかやうなことでござるぞ。

焼兵衛　いや、まことに申《もう》すも恥《は》づかしきことながら、それがし、この町《まち》の商人《あきうど》、焼兵衛《やきべえ》と申《もう》す者《もの》の女房《にょうぼう》、お松《まつ》にいたく懸想致《けそういた》いてをりまするが、この女《おんな》、けんもほろろにそれがしをば袖《そで》に致《いた》しまする。そのさま、まこと貞女《ていじょ》の鑑《かがみ》かとも見《み》え申《もう》す。さりながら、貞女《ていじょ》の顔《かお》は仮面《かめん》にすぎず、本性《ほんしょう》は淫《みだ》らな女《おんな》と存《ぞん》じまする。

洞田助右衛門　してして、身《み》どもに御用《ごよう》とは。
焼兵衛　さればそのことでござる。洞田殿《ほらたどの》にお願《ねが》ひとは、何卒《なにとぞ》お松《まつ》を口説《くど》き落《お》として、あの女《おんな》を抱《いだ》いて頂《いただ》きとふござる。そのためとあらば、それがし、洞田殿《ほらたどの》に何程《なにほど》なりとも金子《きんす》をご用立《ようだ》て申《もう》しませう。
洞田助右衛門　はて、これは異《い》なことを承《うけたまわ》るものかな。そこもとの懸想《けそう》さるる女《おんな》を身《み》どもにくどけと言《い》はるるは、何《なん》とも合点《がてん》が参《まい》らぬが。
焼兵衛　いや、ご不審《ふしん》はもつともでござるが、もしこの女《おんな》、ひとたび夫《おっと》ならぬ男《おとこ》に抱《いだ》かるれば、それがしはそれを根拠《とっこ》にして攻《せ》め寄《よ》せ、つひには操《みさお》、名誉《めいよ》などと申《もう》す難攻不落《なんこうふらく》の城《しろ》をば攻《せ》め落《お》とすこともできようかと存《ぞん》じてのことでござる。
洞田助右衛門　成程《なるほど》、これは重畳《ちょうぢょう》のお考《かんが》へでござる。軍資金《ぐんしきん》は遠慮《えんりょ》なく頂《いただ》くことと致《いた》さう。実《じつ》を申《もう》せば、そのお松《まつ》のことぢやが、幸《さいわ》ひこれより逢引《あいび》きをする約束《やくそく》ができてをるのぢや。最前《さいぜん》あの方《かた》より文《ふみ》が届《とど》いてな、亭主《ていしゅ》の留守《るす》の時刻《じこく》を知《し》らせて来《き》をつた。ぢやによつて、丁度出《ちょうどで》かけるところでござつた。餅兵衛殿《もちべえどの》とやら、明日《あす》にならば、お松《まつ》の亭主焼兵衛《ていしゆやきべえ》をばどのやうな間抜《まぬ》け阿呆《あほう》にしてみせたか、事《こと》の次第《しだい》、間男《まおとこ》の口《くち》より、つまりこの口《くち》よりぢや、細《こま》かに話《はな》して進《しん》ぜようぞ。

焼兵衛　ああ、それは一段《いちだん》のことでござる。何卒宜《なにとぞよろ》しうお頼《たの》み申《もう》しまする。

洞田助右衛門　では急《いそ》がずばなるまい。明日《あす》を楽《たの》しみにして、お待《ま》ちあれ。身《み》どもは、これから、たんとご馳走《ちそう》にあづかつて参《まい》る。おお、これは楽《たの》しみなことぢや。(笑《わら》いながら退場《たいじよう》)

焼兵衛　ええい、地獄《じごく》ぢや、地獄《じごく》ぢや。みづから寝取《ねと》られ亭主《ていしゆ》にしてくりやれと願《ねが》ひ出《いで》たる、我《わ》が身《み》の苦《くる》しみもさることながら、その願《ねが》ひをかやうに叶《かな》へらりようとは、真実《しんじつ》、言語道断《ごんごどうだん》ぢや。おお、操《みさお》弱《よわ》き者《もの》よ、汝《なんじ》の名《な》は女房《にようぼう》なり。おお、女《おんな》たらしの助平侍《すけべえざむらい》め。おのれ、二人《ふたり》の乳繰《ちちく》りあひたる濡《ぬ》れ場《ば》にふんごんで、重《かさ》ねておいて四《よ》つに切《き》つてみせうぞ。ええい！　腹立《はらだ》ちや、腹立《はらだ》ちや、腹立《はらだ》ちや、腹立《はらだ》ちや、腹立《はらだ》ちや、腹立《はらだ》ちや。(焼兵衛《やきべえ》、興奮《こうふん》して喚《わめ》きながら退場《たいじよう》)

（四）

太郎冠者《たろうかじゃ》と次郎冠者《じろうかじゃ》、大《おお》きな洗濯籠《せんたくかご》を担《かつ》いで登場《とうじょう》、脇座《わきざ》に置《お》く（本物《ほんもの》の籠《かご》は使《つか》わず、すべてマイムでやる）。

つづいてお松《まつ》とお竹《たけ》、話《はな》しながら登場《とうじょう》。

お松　お竹殿《たけどの》、最前《さいぜん》、談合《だんこう》のとおり、そなたは頃合《ころあい》を見計《みはか》らつて、戸《と》を叩《たた》いてくだされや。

お竹　合点《がてん》でござる。それまではお松殿《まつどの》、お侍《さむらい》とねんごろに。

お松　おお、心得《こころえ》ました。抜《ぬ》かりなう頼《たの》みましたぞ。（お竹《たけ》、退場《たいじょう》。太郎冠者《たろうかじゃ》と次郎冠者《じろうかじゃ》に）そなたたちも、言《い》ひつけておいたこと、ようござるな。

太郎冠者　は、呼《よ》ばれましたら、すぐ出《で》て参《まい》つて、委細《いさい》かまはずこの洗濯籠《せんたくかご》を運《はこ》びだし、川《かわ》の中《なか》にはふり捨《す》てます。細工《さいく》は流々《りゅうりゅう》、仕上《しあ》げをご覧《らう》じろでござる。

そつとも――

太郎冠者・次郎冠者　お気遣《きづか》ひ遊《あそ》ばしますな。

お松　それならば、奥《おく》で控《ひか》へてをりやれ。

太郎冠者・次郎冠者　心得《こころえ》ました。（太郎冠者《たろうかじゃ》と次郎冠者《じろうかじゃ》、退場《たいじょう》）

お松　さて、あとは水《みず》ぶくれの、西瓜《すいか》のお化《ば》けぢぢいが、鼻《はな》の下《した》を長《なが》くして現《あら》はるるを待《ま》つばかりでござる。や、とかう申《もう》すうちに、来《き》たわ、来《き》たわ。

洞田助右衛門《ほらたすけえもん》、登場《とうじょう》。

洞田助右衛門　おお、わが美《うる》はしの奥方《おくがた》よ。松《まつ》の君《きみ》の、待《ま》つとし聞《き》かば、何《なに》を措《お》きても、馳《は》せ参《さん》ぜんと、君《きみ》を待《ま》つわれ。

お松　これはこれは、お慕《した》はしき助右衛門殿《すけえもんどの》、ようこそのお運《はこ》び。嬉《うれ》しう存《ぞん》じまする。

洞田助右衛門　おお、つひに憧《あこが》れのそなたをこの腕《かいな》にかき抱《いだ》く。甲斐《かい》なしと思《おも》ひし望《のぞ》みはまこととなつた。そなたの芳《かんば》しき顔《かんばせ》をいかばかり……（抱《だ》こうとする）

お松　（身《み》をかわしながら）お言葉《ことば》がお上手《じょうず》でござりまするの。さりながら殿様《とのさま》は平兵衛殿《へいべえどの》のお内儀《ないぎ》お竹殿《たけどの》を、憎《にく》からず思《おも》ふておいでではござりませぬか。

洞田助右衛門　何《なん》の何《なん》の。太《ふと》つた豚《ぶた》や腐《くさ》つた柿《かき》を憎《にく》からず思《おも》ふのと変《か》はりござらぬわ。

お松　（しなを作《つく》って）それはまことでござりまするか。もし両手《りょうて》に花《はな》とのお企《たくら》みならば、お恨《うら》み申《もう》しませうぞ。妾《わらわ》がいかばかりお慕《した》ひ申《もう》し上《あ》げているか、ぢきにお分《わ》かりいただけませう。

洞田助右衛門 （太鼓腹《たいこばら》に邪魔《じやま》されながら抱《だ》きつこうとして）身《み》どもを慕《した》ふて悔《く》ゆることはあるまいぞ。身《み》どもがそなたにふさはしい男《おとこ》であること、この腹《はら》を見《み》ればお分《わ》かりぢやらう。

お松 さうでござりませうとも。

お竹《たけ》、あわただしく登場《とうじよう》。

お竹 お松殿《まつどの》、お松殿《まつどの》、大事《だいじ》でござる、大事《だいじ》でござる。

お松 騒々《そうぞう》しや、何事《なにごと》でござる。

お竹 まさか、お松殿《まつどの》、そなた、隠《かく》し男《おとこ》などござるまいの。

お松 な、な、なにを、愚《おろ》かなことを。

お竹 妾《わらわ》も、そのやうに焼兵衛殿《やきべえどの》に言《い》ふて、お止《と》め申《もう》したのぢやが。

お松 なに、うちの亭主殿《ていしゆどの》ぢやと。

お松：石田幸雄
洞田助右衛門：野村万作

お竹　お松《まつ》がちやうど今頃間男《いまごろまおとこ》を引《ひ》き入《い》れている最中《さいちゅう》ぢや、成敗《せいばい》してくれる、など喚《わめ》きちらし、ものすさまじい形相《ぎょうそう》で刀《かたな》を手《て》にして、こちらへやって来《こ》られるところぢや。

お松　それは一大事《いちだいじ》ぢや。実《じつ》は男《おとこ》がをります。

お竹　なに、男《おとこ》がをる。

お松　なかなか。

お竹　それは大事《だいじ》ぢや。見《み》つかれば四《よ》つに切《き》らるるは必定《ひつじょう》ぢやぞ。

お松　なう、恐《おそ》ろしや。夫《おっと》の焼餅《やきもち》はただごとではござらぬ。助《たす》けてくだされ、助《たす》けてくだされ。助右衛門殿《すけえもんどの》をば何《なん》と致《いた》しませう。

お竹　なに助右衛門殿《すけえもんどの》。（洞田助右衛門《ほらたすけえもん》を見《み》て）助右衛門殿《すけえもんどの》、まづこれは何《なん》としたことでござる。

洞田助右衛門　面目《めんぼく》もない。が、その話《はなし》はあとにしよう。いまは早《はよ》う身《み》どもを隠《かく》してたもれ。身《み》どもを隠《かく》してたもれ。切《き》らるるは真《ま》っ平《ぴら》ぢや。助《たす》けてたもれ、助《たす》けてたもれ。

お松　これは困《こま》つたことぢや。あの隅《すみ》にうずくまつて頭《あたま》を隠《かく》していさせられい。

お竹　さうぢや、それがようござる。

二人　さあさあ、早《はよ》う早《はよ》う。

洞田助右衛門《ほらたすけえもん》、笛座《ふえざ》のあたりにうずくまって、頭《あたま》を隠《かく》す。

お松　（洞田助右衛門《ほらたすけえもん》のお尻《しり》を、二人《ふたり》で叩《たた》きながら）そりや。

お竹　そりや。

二人　そりやー。（声《こえ》を出《だ》さずに笑《わら》う）

音《おと》（囃子《はやし》）が聞《きこ》えてくる、お松《まつ》とお竹《たけ》、その音《おと》に気《き》づく。太郎冠者《たろうかじゃ》と次郎冠者《じろうかじゃ》も音《おと》に気《き》がつき出《で》てくる。

お松　あの音《おと》は何《なん》じゃ。

お竹　これは何《なん》としたこと。

四人《よにん》、橋《はし》がかりのそばまで見《み》に行《い》く。

太郎冠者　や、まことに、焼兵衛殿《やきべえどの》が参《まい》りまする。

お松　まことに、うちの亭主殿《ていしゅどの》ぢや。

お竹　何《なん》と致《いた》しませう。

四人《よにん》、舞《ぶ》台中央《たいちゅうおう》でスクラムを組《く》んで談合《だんごう》する。

談合《だんごう》がまとまり、それぞれ焼兵衛《やきべえ》をむかえる位置《いち》につく。

焼兵衛《やきべえ》、刀《かたな》を振《ふ》り回《まわ》しながら登場《とうじょう》。

焼兵衛　ややあ姦婦《かんぷ》姦夫《かんぷ》、姦夫《かんぷ》はどこぢや。串刺《くしざ》しにして切《き》り刻《きざ》んでも足《た》りぬ憎《にく》いやつ。さあ、早《はよ》う出《で》て参《まい》れ。

お松　これこれ、何《なに》をそのやうに。もそつと落《お》ち着《つ》いてくだされい。

焼兵衛　ええい、黙《だま》れ。どこに隠《かく》したやい。間男《まおとこ》を出《だ》せ。証拠《しょうこ》は上《あ》がつてをるわいやい。

焼兵衛《やきべえ》、脇座《わきざ》の洗濯籠《せんたくかご》に目《め》をつけ、狂《くる》ったように、詰《つ》まった布《ぬの》をほうりだしながら、中《なか》を探《さが》す（すべてマイム）。見《み》つからないので、目付柱《めつけばしら》から常座《じょうざ》や橋《はし》がかりの方《ほう》まで探《さが》しまわる。その間《あいだ》に、女《おんな》たちは洞田助右衛門《ほらたすけえもん》をせきたてる。

焼兵衛《やきべえ》この間《あいだ》に「間男《まおとこ》を出《だ》せ、己《おの》れただをこふと思《おも》ふか、早《はよ》う出《で》て参《まい》れ、己《おの》れは憎《にく》いやつの」等《など》、すて台詞《せりふ》あり。

お松　そこは危《あぶ》なうござる。困《こま》つたことぢや。いや、あそこにあるはなんぢや。洗濯籠《せんたくかご》ではないか。

お竹　これは運《うん》の良《よ》いこと。あれへお入《はい》りなされませ。

二人　さあさあ、早《はよ》う早《はよ》う。

洞田助右衛門　なんぢや、こんな小《ちい》さい、むさい籠《かご》にか。

お松　亭主《ていしゅ》に切《き》られても良《よ》うござるか。

洞田助右衛門　入《はい》る、入《はい》る。（女《おんな》たちにむりやり籠《かご》に詰《つ》め込《こ》まれ、上《うえ》から汚《よご》れた布《ぬの》をいっぱいかぶされる）おお、臭《くさ》いぞ、息《いき》が詰《つ》まりさうぢや。

お松　しいつ、亭主《ていしゅ》が来《き》まする。（太郎冠者《たろうかじゃ》と次郎冠者《じろうかじゃ》に合図《あいず》する）

お竹　おおこはや、こはや、刀《かたな》をあのやうに振《ふ》り回《まわ》して。

太郎冠者《たろうかじゃ》と次郎冠者《じろうかじゃ》、出《で》てきて、洗濯籠《せんたくかご》を担《かつ》いで運《はこ》び出《だ》す（洞田助右衛門《ほらたすけえもん》を前後《ぜんご》から挟《はさ》んで、一緒《いっしょ》に歩《ある》くというマイム）。橋《はし》がかりのあたりで焼兵衛《やきべえ》とすれちがう。

> 焼兵衛《やきべえ》この間《あいだ》に「間男《まおとこ》はどこぢや、己《おの》れただをこふと思《おも》ふか。早《はよ》う出《で》て参《まい》れ、己《おの》れは憎《にく》いやつの、間男《まおとこ》はどこぢや、早《はよ》う出《で》て参《まい》れ。」等《など》、すて台詞《ぜりふ》あり。

焼兵衛　（疑《うたが》わしそうに）ちよつと待《ま》て。

次郎冠者　洗濯物《せんたくもの》でござります。

焼兵衛　分《わ》かつてをる。さつきも見《み》たわい。（布《ぬの》を二《に》、三枚《さんまい》ほうりあげて）念《ねん》のためぢや。

太郎冠者　同《おな》じ臭《にお》ひをも一度《いちど》嗅《か》がれまするか。なにやら、焼《や》いた餅《もち》の腐《くさ》つたやうな臭《にお》ひも致《いた》しませうが。

焼兵衛　ええい、よいわ。行《い》け、行《い》け。（「間男《まおとこ》はどこぢや、己《おの》れただをこふと思《おも》ふか。間男《まおとこ》を出《だ》せ、己《おの》れ早《はよ》う出《で》て参《まい》れ、間男《まおとこ》を出《だ》せ、間男《まおとこ》はどこぢや、己《おの》れただをこふと思《おも》ふか。間男《まおとこ》を出《だ》せ」と言《い》いながら探《さが》し回《まわ》る）

太郎冠者《たろうかじゃ》と次郎冠者《じろうかじゃ》、洞田助右衛門《ほらたすけえもん》を挟《はさ》みこんで、後出《こうしゅつ》の唄《うた》（「きれいは、きたない……」）を歌《うた》いながら、橋《はし》がかりから舞台奥《ぶたいおく》へ、ひとめぐりする。舞台《ぶたい》を川《かわ》に見立《みた》て、洞田助右衛門《ほらたすけえもん》をほうりだす。洞田助右衛門《ほらたすけえもん》、倒《たお》れ伏《ふ》して、気絶《きぜつ》の態《てい》。太郎冠者《たろうかじゃ》と次郎冠者《じろうかじゃ》、退場《たいじょう》。同時進行《どうじしんこう》で、焼兵衛《やきべえ》、橋《はし》がかりで女《おんな》たちと向《むか》い合《あ》う。

お松　（焼兵衛《やきべえ》に）ああ、お前《まえ》は、己《おの》れの女房《にょうぼう》に悋気《りんき》して恥《は》づかしうないか。世《せ》間《けん》に知《し》られたらば、何《なん》とめさるる。

お竹　まことに悋気《りんき》とは気《き》の毒《どく》な病《やまい》ぢやなう。

焼兵衛　面目《めんぼく》ない、面目《めんぼく》ない、それがしとしたことが。（わきぜりふ）はて異《い》なことぢや。あの水《みず》ぶくれの、呑《の》んだくれ侍《ざむらい》め、法螺《ほら》を吹《ふ》きをつたか。（女房《にようぼう》に）いやはや、恥《は》づかしや。このとおりぢや、許《ゆる》せ、許《ゆる》せ。許《ゆる》せ、許《ゆる》せ。

焼兵衛《やきべえ》、すごすご退場《たいじよう》。

お竹　（笑《わら》い転《ころ》げて）さてもさてもをかしや、をかしや。一石二鳥《いつせきにちよう》とはこのことぢや。

お松　（笑《わら》い転《ころ》げて）お侍《さむらい》を担《かつ》いだがをかしいか、亭主《ていしゆ》をこけにしたがをかしいか分《わ》からなうなつた。（太郎冠者《たろうかじや》と次郎冠者《じろうかじや》「ただいま帰《かえ》りました」と言《い》いながら、登場《とうじよう》。二人《ふたり》に）首尾《しゆび》は何《なん》とでござつた。

太郎冠者　上々《じようじよう》の首尾《しゆび》でござりました。籠《かご》の中《なか》でいろいろ喚《わめ》きまするによつて、焼兵衛殿《やきべえどの》が追《お》ひ掛《か》けてくるなどと言《い》うて黙《だま》らせました。いや、籠《かご》の重《おも》いのには閉口致《へいこういた》しました。

次郎冠者　川《かわ》に投《な》げ込《こ》むのも一苦労《ひとくろう》でござつたが、二人《ふたり》で力《ちから》を合《あ》はせ、やつとのことで、
二人　えいえいやつとな、
次郎冠者　ぼちやあん。
太郎冠者　ぶくぶくぶく。（四人《よにん》、声《こえ》を揃《そろ》えて笑《わら》う）
お竹　あのお侍《さむらい》、一度《いちど》で許《ゆる》してやるのは惜《お》しうなつた。
お松　なかなか。亭主《ていしゅ》はこれで十分《じゅうぶん》ぢやが、あの太つ腹《ぱら》の臆病侍《おくびょうざむらい》、も一度《いちど》懲《こ》らしめてやらうではないか。
お竹　まことに、いぢめ甲斐《がい》のあるお人《ひと》ぢや。今度《こんど》は焼兵衛殿《やきべえどの》も加《くわ》へて、とくと談合致《だんごういた》しませう。
太郎冠者　これはいよいよ面白《おもしろ》うなつてきたわ。
四人《よにん》で囃子《はやし》に合《あ》わせて、唄《うた》い、踊《おど》る。

四人

えいやらさらとこ、えいやらさー。
きれいは、きたない。
白《しろ》いは、黒《くろ》い。
太《ふと》いは、細《ほそ》い。
えいやらさらとこ、えいやらさー。

大《おお》きいは、小《ちい》さい。
赤《あか》いは、青《あお》い。
高《たか》いは、低《ひく》い。
えいやらさらとこ、えいやらさー。

四《よ》人《にん》、唄《うた》い踊《おど》りながら、退場《たいじょう》。

洞田《ほらた》助右衛門《すけえもん》、息《いき》を吹《ふ》き返《かえ》し、起《お》き直《なお》る。

洞田助右衛門　やや、こんなにずぶ濡《ぬ》れになつてをる。畜生《ちくしよう》め、くつさめ！くつさめ止《ど》めで、中入《なかい》り。（ただし休憩《きゆうけい》にはせず、客《きやく》は座《すわ》ったまま）

囃子《はやし》。

（五）

洞田《ほらた》助右衛門《すけえもん》、太郎冠者《たろうかじや》を従《したが》えて、登場《とうじよう》。風邪《かぜひ》を引いたらしく、鼻水《はなみず》をすすっている。

洞田助右衛門　くつさめ！　して、何《なん》の用《よう》ぢや。
太郎冠者　（手紙《てがみ》を取《と》り出《だ》しながら）お文《ふみ》でござる。
洞田助右衛門　ふん、文《ふみ》ぢやと。誰《だれ》からぢや。
太郎冠者　お松様《まつさま》からでござります。
洞田助右衛門　なに、お松《まつ》？

太郎冠者　は、なにやら、思《おも》ひ詰《つ》めたご様子《ようす》でござつたによつて、急《いそ》ぎ持参致《じさんいた》しました。

洞田助右衛門　（読《よ》みながら）なになに、「きのふはいま少《すこ》しのところで思《おも》ひを遂《と》げることが出来《でき》ませず、口惜《くちお》しう存《ぞん》じました。恨《うら》めしきはわが亭主《ていしゅ》でござりまする」。全《まった》くぢや。白《しろ》い胸元《むなもと》にこの手《て》をば差《さ》し込《こ》まうとしたその折《おり》に、馬鹿亭《ばかてい》主《しゅ》めが……

太郎冠者　（わきぜりふ）間抜《まぬ》けな間男《まおとこ》が馬鹿亭主《ばかていしゅ》を嗤《わら》ふている。古《ふる》い諺《ことわざ》に言《い》ふ〈目糞鼻糞《めくそはなくそ》を嗤《わら》ふ〉とは、このことぢや。

洞田助右衛門　「されど刃傷沙汰《にんじょうざた》を見《み》ずにすんだは、運《うん》のよろしいことでござりました」。全《まった》くぢや。血《ち》をば流《なが》して、なんの色恋《いろこい》、なんの金儲《かねもう》けぞ……

太郎冠者　成程立派《なるほどりっぱ》な臆病《おくびょう》ぶりぢや。どこかで聞《き》いた諺《ことわざ》ぢやが、〈生《せい》か死《し》か、確《たし》かにそれが問題《もんだい》でござる〉。

洞田助右衛門　「あのやうな仕儀《しぎ》と相成《あいな》り、お許《ゆる》しくださりませ。事無《ことの》うご帰宅《きたく》なされたか、案《あん》じてをりまする」。糞《くそ》つたれめ、何《なに》が事無《ことの》うご帰宅《きたく》ぢや。むさい布《ぬの》で息《いき》が詰《つ》まりさうになつて、挙《あ》げ句《く》の果《は》てに、冷《つめ》たい川《かわ》の中《なか》へざんぶりこん。すつかり風邪《かぜ》を引《ひ》いてしまうたわい。くつさめ……
太郎冠者　（わきぜりふ）昔《むかし》から〈年寄《としよ》りの冷水《ひやみず》〉は風邪《かぜ》のもとと申《もう》しまするな。
洞田助右衛門　なになに、「どうぞ、これにお懲《こ》りなされず、今《いま》ひとたびの逢《あ》ふ瀬《せ》を賜《たまわ》りたう存《ぞん》じまする」。ま、それはその、魚心《うおごころ》あれば何《なん》とやらぢやが……
太郎冠者　（わきぜりふ）ほれほれ、〈羹《あつもの》に懲《こ》りて、〝鱠《なます》〟を吹《ふ》く〉。
洞田助右衛門　「つきましては、今宵《こよい》、町《まち》はづれの鎮守《ちんじゅ》の森《もり》にて、吉例《きちれい》の仮装行《かそうぎょう》列《れつ》の祭《まつ》りがござります。妾《わらわ》も若《わか》き娘《むすめ》の面《めん》などを被《かぶ》りて参《さん》じます。こなたさまにも、天狗《てんぐ》の面《めん》などをお被《かぶ》りなされて、森《もり》の奥《おく》の老松《おいまつ》のそばにてお目《め》もじ叶《かな》ひますること、心楽《こころたの》しみに念《ねん》じてをりまする。お懐《なつ》かしき洞田助右衛門様参《ほらたすけえもんさままい》る。お松《まつ》」。老松《おいまつ》のそばにてお目《め》もじ？　叶《かな》ふとも叶《かな》ふとも。天狗《てんぐ》の面《めん》？　被《かぶ》るとも被《かぶ》るとも。これは嬉《うれ》しいことになつてきた。さあさあ、支度《したく》ぢや、支度《したく》ぢや。

お懐《なつ》かしきお松《まつ》よ、待《ま》つてをれよ。（退場《たいじよう》）

太郎冠者　いやはや、古《ふる》い諺《ことわざ》に曰《いわ》く――いや、もう諺《ことわざ》が種切《たねぎ》れになつてしもふた。

（退場《たいじよう》）

（六）

お松《まつ》、若《わか》い娘《むすめ》の面《めん》を被《かぶ》って、登場《とうじょう》。橋《はし》がかりで振《ふ》り返《かえ》り、幕《まく》の中《なか》に向《む》かって言《い》う。

お松　では、皆《みな》の衆《しゅう》、よふござるな。妾《わらわ》が「あれ、あそこに、怪《あや》しい物影《ものかげ》が」と呼《よ》ばはつたらば、それを合図《あいず》に出《で》させられい。そのあとは、殴《なぐ》る、蹴《け》る、つねる、ひつかく、何《なん》なりとも心《こころ》ゆくままに痛《いた》ぶつておやりなされや。まず急《いそ》いで鎮守《ちんじゅ》の森《もり》へ参《まい》ろう。さても今宵《こよい》は、酒臭《さけくさ》い大《おお》きな鬼《おに》を打《う》ち伏《ふ》せて、鎮守《ちんじゅ》の神様《かみさま》へ捧《ささ》げることに致《いた》しませう。いや、何《なに》かと言《い》ふうちに、約束《やくそく》の老松《おいまつ》ぢや。この根《ね》かたの暗《くら》がりで待《ま》つと致《いた》そう。いや、早《はや》くも何《なに》やら、臭《にお》ふてきたわ。

洞田助右衛門《ほらたすけえもん》、天狗《てんぐ》の面《めん》を被《かぶ》って、登場《とうじょう》する。

洞田助右衛門　（手探《てさぐ》りの仕草《しぐさ》で進《すす》みながら）まこと、面《めん》などといふ慣《な》れぬものを被《かぶ》つたれば、目《め》がよう見《み》えず、不便《ふべん》でならぬわ。加《くわ》へて夜《よる》の闇《やみ》ぢや。お松《まつ》はどれにをることぢや知《し》らぬ。老松《おいまつ》のそばとあつたが、その松《まつ》がいつかうに……はあ、これがそのあたりか。松《まつ》のそばで待《ま》つお松《まつ》。いや、松《まつ》のそばで松《まつ》を待《ま》つ。（笑《わら》う）阿呆《あほ》な、言葉遊《ことばあそ》びなど致《いた》いてをる時《とき》ではないわ。（お松《まつ》にぶつかって、肝《きも》をつぶし、尻餅《しりもち》をつく）ひやあ、誰《だれ》ぢや。

お松　なう、こはや。

洞田助右衛門　いや、お松《まつ》か。

お松　えい、助右衛門殿《すけえもんどの》。

洞田助右衛門　いきなり出《で》てくるといふことがあるものか。魂《たま》が消《き》えたぞ。

お松　なんと意《い》気《く》地《じ》のない。それでもお侍《さむらい》でござりまするか。

洞田助右衛門　侍《さむらい》も人間《にんげん》ぢや、びつくりすることはあるわい。ましてこの暗闇《くらやみ》ぢや。

お松　でも、恋《こい》の闇路《やみじ》と申《もう》すことがござる。（しなを作《つく》って）恋《こい》しい人《ひと》との逢《あ》ふ瀬《せ》は暗《くら》がりに限《かぎ》りませう。

洞田助右衛門　それはその通《とお》りぢや。暗《くら》いほど、身《み》どものこの腹《はら》の中《なか》の快《け》楽《らく》の力《ちから》も盛《も》り上《あ》がつて来《く》るわ。（抱《だ》き寄《よ》せようとする）

お松　まあ、頼《たの》もしいこと。いや、お待《ま》ちなされませ。妾《わらわ》は最前《さいぜん》より、あたりに何《なに》やらをるやうな気《き》がしてなりませぬ。物《もの》の怪《け》が潜《ひそ》んでをるのやら、あるひは人《ひと》が覗《のぞ》いているのやら……

洞田助右衛門　これこれ、益体《やくたい》もないことを。さあさあ、早《はよ》う、しつぽりと……

お松　あれ、あそこに、怪《あや》しい物影《ものかげ》が……

お竹《たけ》、太郎冠者《たろうかじゃ》、次郎冠者《じろうかじゃ》、焼兵衛《やきべえ》ら、全員《ぜんいん》、さまざまな面《めん》を被《かぶ》って登場《とうじょう》。不気味《ぶきみ》な囃子《はやし》。

洞田助右衛門　やや、何《なん》と申《もう》す。（怯《おび》えて）やや、あれはなんぢや。

お松　なう、おそろしや。あれはきつと、この森《もり》に棲《す》む悪鬼《あっき》どもにちがひありません。なう、こはや、助右衛門殿《すけえもんどの》、助《たす》けてくだされ、助《たす》けてくだされ、助《たす》けてくだされ、助《たす》けてくだされ。

洞田助右衛門　いやいや、こはいのは身《み》どもとても同《おな》じことぢや。人《ひと》を助《たす》けるどころではない。さうぢや地《ち》に伏《ふ》し死《し》んだふりをして、やり過《か》ごさう。さあ、身《み》どもは死《し》んだぞ。（地《ち》に伏《ふ》す）

一同《いちどう》、囃子《はやし》に合《あ》わせて、洞田助右衛門《ほらたすけえもん》を囲《かこ》んで踊《おど》る。

お竹　これはなんぢや。たがのはずれた酒樽《さかだる》か。(つねる)

太郎冠者　樽《たる》ではなうて、食《く》ひ過《す》ぎて身動《みうご》きならぬ豚《ぶた》か。(踏《ふ》んづける)

次郎冠者　豚《ぶた》ではなうて、土左衛門《どざえもん》。(腕《うで》をひねる)

焼兵衛　いやいや、空《そら》から降《ふ》つた隕石《いんせき》か。(蹴《け》っとばす)

お松　その隕石《いんせき》が太《ふと》つて、腐《くさ》つたか。くつくつ。(くすぐる)

洞田助右衛門　(たまりかねて叫《さけ》ぶ)許《ゆる》してくれい、許《ゆる》してくれい。なんでもするから、許《ゆる》してくれい。

お竹　ならば聞《き》かう。女《おんな》を慰《なぐさ》みものにしたことを、謝《あやま》るか。

洞田助右衛門　謝《あやま》る、謝《あやま》る。

太郎冠者　法螺《ほら》を吹《ふ》いたことを、認《みと》むるか。

洞田助右衛門　認《みと》むる、認《みと》むる。

次郎冠者　大酒《おおざけ》、呑《の》んだことを、悔《く》ゆるか。

洞田助右衛門　悔《く》ゆる、悔《く》むる。
焼兵衛　夫婦《めおと》の契《ちぎ》りをないがしろにし――
お松　人《ひと》の道《みち》に背《そむ》いたことを、世間《せけん》に詫《わ》ぶるか。
洞田助右衛門　詫《わ》ぶる、詫《わ》ぶる。
お松　これからは、
一同　（同時《どうじ》に）真人間《まにんげん》になるか。
洞田助右衛門　なる、なる、何《なん》にでもなる。
一同《いちどう》、面《めん》をはずす。
お松　（洞田助右衛門《ほらたすけえもん》の面《めん》をはずして）助右衛門殿《すけえもんどの》、素顔《すがお》の方《ほう》が男前《おとこまえ》でござりまするな。
洞田助右衛門　やや、これは。

お竹　お侍様《さむらいさま》、お顔色《かおいろ》がすぐれませぬなう。なんぞ悪《わる》い夢《ゆめ》でもご覧《らん》なされましたか。

洞田助右衛門　なんと、お竹殿《たけどの》。

太郎冠者　古《ふる》い諺《ことわざ》を一《ひと》つ思《おも》ひ出《だ》しました――

洞田助右衛門　そちは太郎冠者《たろうかじゃ》。

次郎冠者　いや、洗濯籠《せんたくかご》の重《おも》かつたこと。

洞田助右衛門　おのれ、次郎冠者《じろうかじゃ》め。

焼兵衛　お馴染《なじ》みの焼餅《やきもち》やきの寝取《ねと》られ亭主《ていしゅ》でござりまする。

洞田助右衛門　これは餅兵衛《もちべえ》、いや、焼兵衛殿《やきべえどの》。

焼兵衛　さあさあ、いまいちど、皆《みな》の衆《しゅう》の前《まえ》で、手《て》をついて、しかと謝《あやま》りなされ。

洞田助右衛門　何《なん》の、何《なん》の。謝《あやま》つて、何《なん》になるぞ。この世《よ》は悉皆《しっかい》、冗談《じょうだん》ぢや。人間《にんげん》、所詮《しょせん》、道化《どうけ》に過《す》ぎぬわい。笑《わら》ふが人生《じんせい》、笑《わら》はるるも人生《じんせい》。いかにたくさん泣《な》いたとて、人《ひと》の世《よ》の涙《なみだ》の量《りよう》は、せいぜい、笑《わら》ひの量《りよう》と同《おな》じぢや。身《み》どもは最《さい》後《ご》まで笑《わら》ひ、かつまた最後《さいご》にいちばん良《よ》く笑《わら》ふ所存《しよぞん》ぢや。この太鼓腹《たいこばら》に賭《か》けて、身《み》どもの所存《しよぞん》は変《かわ》り申《もう》すことはないわいやい。（笑《わら》う）

焼兵衛　このお方《かた》に付《つ》ける薬《くすり》はないわ。こりや、こちらが降参《こうさん》ぢや。

太郎冠者　古《ふる》い諺《ことわざ》も、あの太鼓腹《たいこばら》にはかなひませぬ。

お松　お仕置《しお》きはこれで充分《じゆうぶん》、今宵《こよい》の茶番《ちやばん》は終《お》わりに致《いた》し、法螺吹《ほらふ》きのお侍様《さむらいさま》を許《ゆる》して上《あ》げませう。

焼兵衛　さあ、みなの衆《しゆう》、今宵《こよい》は目出度《めでた》い鎮守《ちんじゆ》の祭《まつ》り、陽気《ようき》に踊《おど》つて、夜《よ》を明《あ》かしませう。

一同　一段《いちだん》とようござらう。

洞田《ほらた》助右衛門《すけえもん》をまじえて、一同《いちどう》、陽気《ようき》な囃子《はやし》に合《あ》わせて、唄《うた》いながら踊《おど》る。

一同　この世《よ》は、すべて狂言《きようげん》ぢや。
人《ひと》は、いづれも道化《どうけ》ぢやぞ。
どうどう、けろけろ、どうぢやいな。
どうどう、けろけろ、どうぢやいな。
踊《おど》る道化《どうけ》に、見《み》る道化《どうけ》。
同《おな》じ道化《どうけ》なら、踊《おど》らにや、損々《そんそん》。
どうどう、けろけろ、どうぢやいな。
どうどう、けろけろ、どうぢやいな。

祝祭《しゆくさい》の気分《きぶん》のうちに、一同《いちどう》、退場《たいじよう》。

（終わり）

後口上《あとこうじょう》にかえて

作者《さくしゃ》である主人《しゅじん》になりかわりまして、ごあいさつ申《もう》し上《あ》げます。

この本《ほん》におさめました二《ふた》つの作品《さくひん》のうち、「法螺侍《ほらざむらい》」は野村万作《のむらまんさく》さんのご依頼《いらい》で主人《しゅじん》が初《はじ》めて書《か》いたシェイクスピア翻案狂言《ほんあんきょうげん》でございます。二作目《にさくめ》にあたる「まちがいの狂言《きょうげん》」は、野村萬斎《のむらまんさい》さんと充分《じゅうぶん》にご相談《そうだん》したうえでできあがりました。いずれも、主人《しゅじん》がじっくりと心《こころ》のなかに温《あたた》め、想《そう》を練《ね》ったのち、比較的短《ひかくてきみじか》い日数《にっすう》のうちに一気《いっき》に書《か》き上《あ》げたものでした。

「法螺侍《ほらざむらい》」では、ヴェルディの最晩年《さいばんねん》のオペラ「ファルスタッフ」から得《う》るところが多《おお》かったようで、上演《じょうえん》を見《み》に行《い》き、ビデオも繰《く》り返《かえ》しかけておりました。また「まちがいの狂言《きょうげん》」では、「ややこしや、ややこしや……」ではじまるプロローグに力《ちから》を入《い》れ、単《たん》に囃子言葉《はやしことば》だけに終《お》わらせず、作品全体《さくひんぜんたい》の内容《ないよう》をあらかじめほのめかすことの多《おお》いオペラの序曲《じょきょく》の手法《しゅほう》をさらにもう一歩《いっぽ》進《すす》めて、この狂言《きょうげん》のテーマそのものを伝《つた》えるものにしたいと工夫《くふう》しておりました。

よく存《ぞん》じ上《あ》げている演者《えんじゃ》の方々《かたがた》に合《あ》わせて、舞台《ぶたい》の上《うえ》で実際《じっさい》にどのように演《えん》じられるか、その姿《すがた》を頭《あたま》に描《えが》きながら台詞《せりふ》を考《かんが》えていくことは、仕事《しごと》がやりやすくしかも非常《ひじょう》に楽《たの》しいと申《もう》し、張《は》り切《き》って机《つくえ》に向《む》かっていた姿《すがた》が思《おも》い出《だ》されます。

なお、この本《ほん》における表記上《ひょうきじょう》の問題《もんだい》につきましては、「法螺侍《ほらざむらい》」では「（一）、（二）……」、「まちがいの狂言《きょうげん》」では「第一場《だいいちば》、第二場《だいにば》……」と場の分《わ》け方《かた》が異《こと》なっておりますし、仮名《かな》づかいの統一《とういつ》に行《い》き届《とど》かないところもございますが、作者本人《さくしゃほんにん》に確《たし》かめることは叶《かな》いませんので、一番初《いちばんはじ》めに主人《しゅじん》が書《か》きましたものを尊重《そんちょう》しながら、万作《まんさく》の会《かい》と白水社編集部《はくすいしゃへんしゅうぶ》のご意見《いけん》を取《と》り入《い》れてまとめさせていただきました。完全《かんぜん》な統一《とういつ》はとれておりませんが、どうぞご海容《かいよう》くださいますように。

精魂込《せいこんこ》めて書《か》き上《あ》げましたこの二作《にさく》がまとめて出版《しゅっぱん》され、多《おお》くの方々《かたがた》にお読《よ》みいただけることを、主人《しゅじん》もさぞよろこんでおりますことと存《ぞん》じます。

最後《さいご》に、台本《だいほん》の確認《かくにん》にご協力《きょうりょく》くださいました万作《まんさく》の会《かい》、このたびの出版《しゅっぱん》を企画《きかく》してくださいました白水社《はくすいしゃ》の和久田頼男《わくたとしお》さんと熱意《ねつい》を持《も》って一緒《いっしょ》に進《すす》めてくださいました梅本聰《うめもとさとし》さんに、心《こころ》からの感謝《かんしゃ》の念《ねん》を捧《ささ》げたいと存《ぞん》じます。

高橋《たかはし》 迪《みち》

作品解説《さくひんかいせつ》

「ややこしや　ややこしや」と歌うかわいらしい声が日本じゅうでこだましている。ＮＨＫ教育テレビ「にほんごであそぼ」を通して、狂言師・野村萬斎《のむらまんさい》さんが歌い踊る愉快な「ややこしや」の楽しさが子供たちに広まっているのだ。親子で楽しめる本書の刊行は、実によろこばしいことである。

この「ややこしや」は、「まちがいの狂言」のなかの囃子《はやし》言葉なのだが、狂言といっても、昔からあるおなじみのものではない。二〇〇一年四月に初演されたばかりの新作狂言であり、二〇〇二年六月に亡くなった東京大学名誉教授・元昭和女子大学教授の高橋康也《たかはしやすなり》先生がシェイクスピアの戯曲を翻案して作ったものなのである。

高橋先生が初めてシェイクスピア翻案狂言を書いたのは一九九一年の「法螺《ほら》侍《ざむらい》」という作品だったが、そこで謡《うた》われる囃子言葉が大変よかったので、萬斎さんが翻案第二作目の「まちがいの狂言」にもぜひ囃子言葉をつけてくださいとお願いして作られたのが、この「ややこしや」の歌なのである。

それが子供向けに発信されるようになったきっかけは、どうやら、二〇〇二年八月に萬斎さんが東京の三軒茶屋にある世田谷パブリックシアターの芸術監督就任記念公演として「まちがいの狂言」を再演した初日直後の記念パーティーにおける「事件」だったらしい。その「事件」を『週刊朝日』（二〇〇三年五月二十三日号）は次のように報じている。

高橋さんが亡くなって間もない昨年8月、こんなことがあった。

東京・世田谷パブリックシアターの芸術監督に就いた萬斎さんが、高橋さんの追悼を兼ねて「まちがいの狂言」を再演した初日。公演後にあったパーティーのさなかに、萬斎さんの2歳（当時）の長男が金屏風の前に出てきて、いきなりマイクを握り、

「ややこしや〜」

と謡い始めた。すると会場にいた5歳の高橋さんの孫も前に出て、

「ややこしや〜」

2人の男の子がそれぞれ身ぶりをつけて謡い、その愛らしさに場の雰囲気は一気になごんだ。

そのとき萬斎さんは確信したという。

〈口ずさむだけでなく、人の前でもやりたくなるんだな〉

秋になって、ちょうどNHK側から新しい幼児番組の相談を持ちかけられたときに、

「これは絶対にブレークしますよ」

と自ら提案、テレビ版「ややこしや」が生まれることになったわけだ。


こうして「ややこしや」の新たな魅力を父親の萬斎さんに感知させ、「ややこしや」ブームの陰の火付け役となったご長男の裕基《ゆうき》さんは二〇〇三年九月に「靭猿《うつぼざる》」で初舞台を踏み、狂言師としての道を歩み始められた。実にめでたいことである。

☆

作者の高橋康也先生について、簡単にご紹介しておこう。

高橋康也先生は、国際シェイクスピア学会副会長を務めたシェイクスピア研究の第一人者であるのみならず、劇作家サミュエル・ベケットと親交を結んだ世界的なベケット研究者でもあり、ロマン派の詩から世阿弥《ぜあみ》や現代演劇に至るまで、詩・演劇・批評・美術・音楽の分野を横断して日本の知をリードした人物である。すでに多くの著書があるが、遺稿集として笹山隆《ささやまたかし》編『橋がかり』(岩波書店)も出版された。日本英文学会会長や日本シェイクスピア協会会長を歴任し、日英文化交流への貢献を称えられて英国よりCBE勲章を受賞された——と書くと、とてもお堅い先生で、冗談など口にしないように思えるかもしれないが、かつて『不思議の国のアリス』ブームを仕掛けたのも高橋先生なら、代表作のひとつ『ノンセンス大全』に示される言葉遊びの豊饒性《ほうじようせい》を標榜《ひようぼう》したのも高橋先生であって、その知性に裏打ちされた言葉遊びのセンスは抜群であった。

大の親友である洒落《しやれ》の名手・小田島雄志《おだしまゆうし》先生の向こうをはれるのではないかとさえ思いたくなるような極めつけの洒落を、それぞれの作品からひとつずつ紹介しておこう。

まず「法螺侍」より。主人公の法螺侍が町人女房の「お松《まつ》」を誘惑しようとして、松の木を目印に逢引きの約束をしたときのセリフ（本書一三二頁）——

松のそばで待つお松。いや、松のそばで松を待つ。

単純な言葉遊びだが、上演の際には必ず笑いが起こる。

「まちがいの狂言」のほうは、もう少し凝っている。芝居が始まる前から劇場内には「ややこしや」という言葉が充満しているのだが、やがて芝居が始まり、白草《しらくさ》の直介《なおすけ》という老人が「行方不明の息子を探しているうちに逮捕されてしまい、もはや息子に会う望みも絶たれた」と嘆き、役人に引っ立てられながら叫ぶのが、このセリフ（本書一一頁）である——

「まちがいの狂言」グローバル・バージョン
白草の直介：野村万作
（撮影／石川純）

ややこ、恋しや。

「稚児《ややこ》」は「赤ん坊」の意味であり、自分の子供に会いたいという切実な思いのこもったセリフであるのだが、それまで繰り返されてきた「ややこしや」の響きと重なって、観客の爆笑を誘う。このセリフ自体は実は萬斎さんが考えたものだが、土台となったのは高橋先生の「ややこしいややこ」という抜群の言葉遊びだった。

これはロンドンのグローブ座で上演されたときも、大受けだったそうだ。英語字幕がついていたとはいえ、Yayakoshiya（How complicated!）とYayako koishiya（How I long to see my boy!）の言葉遊びはイギリス人にも通じたのである。芝居が終わると、イギリスの観客はYayakoshiyaと口ずさみながら劇場を後にしたという。

◆「法螺侍」の生い立ち

すべての源は、高橋先生と狂言師・野村万作《のむらまんさく》さんとの交友にある。

数々の受賞歴をもつ狂言界の第一人者であり、重要無形文化財の保持者である万作さんを前にして、「彼は無形だから、ここにいるように見えるのは錯覚で、本当は目に見えない存在だ」などと冗談をとばした高橋先生は、万作さんのために、シェイクスピアを翻案した狂言を書くことにしたのである。そして次の問いを自らに発した。

「シェイクスピアのなかで一番喜劇的な人物といえば誰か?」

――それは、酒好き女好きで太鼓腹《たいこばら》の巨漢騎士《きよかんきし》フォルスタッフである。歴史劇『ヘンリー四世』二部作と喜劇『ウィンザーの陽気な女房たち』に登場するフォルスタッフについて、高橋先生は次のように記している。

シェイクスピアが創造した最も魅力的な悲劇的人物がハムレットだとすれば、デンマークの王子に匹敵できる喜劇的人物はロンドン下町で飲んだくれている不良老年騎士以外にはありえない。飲んべえ、法螺吹き、好色、あらゆる悪徳を詰め込んだ便々たる太鼓腹は、「快楽原理」の化身かと見える。……神話的なアウラを発散するこの愛すべき老悪党は、オーソン・ウェルズの映画化(『ヘンリー四世』による『真夜中の鐘』)やヴェルディのオペラ化(『ウィンザーの陽気な女房たち』による『ファルスタッフ』)を生み出した。

(高橋康也「喜劇の帝王・不良老年フォルスタッフがゆく」、アエラムック『シェイクスピアがわかる』朝日新聞社より)

高橋先生は、『ウィンザーの陽気な女房たち』の主筋を主体としながら、『ヘンリー四世』に出てくるフォルスタッフのイメージも盛り込み、「きれいは、きたない」（『マクベス』）など他のシェイクスピア作品のセリフも援用しながら、いわばシェイクスピアの喜劇精神を集約的に盛り込んだ作品を創ったのである。

その筋をごくかいつまんで言えば、洞田助右衛門《ほらたすけえもん》（フォルスタッフ）が、お松《まつ》（フォード夫人）とお竹《たけ》（ペイジ夫人）という二人の町人女房に懸想文《けそうぶみ》を送りつけ、結婚詐欺まがいのことをして金を奪おうとするのだが、逆にさんざんな目に遭わされるというものだ。原作の副筋はばっさりとカットしたうえ、セリフもかなり自由に書き換えている。たとえば、次に挙げる洞田助右衛門の幕切れのセリフは、原作にないものであるが、これなどはまさしくシェイクスピア喜劇のエッセンスがつまったセリフ（本書一三七～一三八頁）と言えるだろう。

この世は悉皆、冗談ぢや。人間、所詮、道化に過ぎぬわい。笑ふが人生、笑はるるも人生。いかにたくさん泣いたとて、人の世の涙の量は、せいぜい、笑ひの量と同じぢや。身どもは最後まで笑ひ、かつまた最後にいちばん良く笑ふ所存ぢや。この太鼓腹に賭けて、身どもの所存は変り申すことはないわいやい。

ここには明らかに、高橋先生がその著書『道化の文学』で深く考察したルネサンス人文主義哲学が込められている。高橋先生ご本人によれば、ここにはヴェルディ、それからベケットの『ゴドーを待ちながら』も入っているという。

洞田助右衛門を演じた万作さんは、のちにこの芝居の一番好きなセリフとして、この「笑うも人生、笑はるゝも人生」という言葉を色紙にお書きになった。万作さん自筆の素敵な絵入りのその色紙は、今も高橋家で大切に保存されている。

この「人間、所詮、道化に過ぎぬ」という発想は、シェイクスピアが多くの作品でくり返しているものであり、「この世は、すべて狂言ぢや。人は、いづれも道化ぢやぞ。踊る道化に、見る道化。同じ道化なら……」（本書一三九頁）という最後の唄にも、単なる阿波踊り的祝祭性のみならず、きわめてシェイクスピア的な人生哲学が読み取れるのである。

フォルスタッフを狂言化するにあたって高橋先生がお書きになった文章を一部紹介しておくことにしたい。

Sir John Falstaff と名乗るこの尾羽打ち枯らした老騎士は胡散臭いアウトサイダー（よそもの）、迷惑な余計者、要するにフォールス・スタフ（false stuff にせもの）なのです。「にせ」といえば、彼の精力絶倫も怪しいものです。あの巨腹の下にぶらさがっているのは見かけ倒しの「にせの棒 false staff」ではないのか。

さらに言いますと、フォールスタフが初めて歴史劇『ヘンリー四世・二部作』に登場したときは、……道化である彼の手は、国王の笏（sceptre）をパロディする道化の「にせの（虚の）杖 false staff」を握っていました。

……

「負」の記号をすべて背負った上で、「真」と「偽」、「美徳と悪徳」といった二項対立など知らぬげに生を謳歌する逆説の塊り。ハムレットと並んでシェイクスピアの創った最も魅力的な人物。

狂言の全レパートリーを探しても、フォールスタフほどスケールの大きい登場人物はいません。その巨大なエネルギーの片鱗なりと狂言に取り込むことができれば、そのとき変容しているのはシェイクスピアである以上に狂言のほうでしょう。

（高橋康也「フォールスタフ変容——シェイクスピアを狂言化する」、高田康成ほか編『シェイクスピアへの架け橋』東京大学出版会より）

◆「法螺侍」上演について——

上演に関して特筆しておかなければならないのは、これぞ狂言のお家芸という名場面があることだ。

「法螺侍」
太郎冠者：野村萬斎　洞田助右衛門：野村万作　次郎冠者：月崎晴夫
（写真提供／万作の会）

洞田助右衛門が洗濯籠に隠れ、目の色を変えて洞田を探す焼餅亭主・焼兵衛の鼻先を、籠ごと太郎冠者と次郎冠者によって運び出され、川に投げ込まれるというくだりである（本書一二〇〜一二一頁）。実際に籠を使わず、小道具は棒一本だけであるのに、巧みな所作によって、洞田が入った重たい籠が運ばれていくさまがありありと表現される。海外公演の際、外国の新聞に「この場面のためだけでも見に行く価値がある」と絶賛された名場面だ。

初演は、一九九一年五月、野村万作さん演出・主演による万作の会公演（東京グローブ座）であり、太郎冠者を演じた萬斎さんは、当時、野村武司《のむらたけし》さんだった（萬斎襲名は三年後の一九九四年である）。私事にわたって恐縮だが、高橋先生の不肖の弟子である私は、当時英国ケンブリッジに留学中で初演を観ることができなかった。しかし、三ヵ月後の八月、高橋先生は、日本シェイクスピア協会会長として、五年に一度の国際シェイクスピア学会を初めて日本で開催し、世界のシェイクスピア学者に日本のシェイクスピア受容の実際を理解してもらおうと、万作の会による再演（東京グローブ座）を実現してくださった。このとき私はケンブリッジからの研究発表者として初めて公演を観たのである。

しかも、同じ年の秋には、「法螺侍」はロンドンに来たので、今度はマーメイド劇場にてケンブリッジ大学の先生がたと一緒に観ることができ、高橋先生が私のもう一人の指導教官であったピーター・ホランド博士と公演直後のトークをなさったのも拝見した。その後、「法螺侍」が多くの国際演劇祭に招聘され、日本でも何度も再演されていることは、本書の上演記録に詳しく記載されているとおりである。

高橋先生はご自身で海外上演のために英語字幕を作成したが、その知性に満ちた英語の巧みさは驚くべきものである。海外の観客がこの字幕で大いに楽しんだことは間違いない。それゆえ、のちに「まちがいの狂言」の字幕は河合君に頼むというお話を高橋先生から頂いたときには、「法螺侍」の字幕の秀逸さが頭をよぎり、とてもできる仕事ではないとお断りしようと思ったくらいだが……この話は、次の「まちがいの狂言」のところですることにしよう。

なお、「法螺侍」の初出は一九九一年『新潮』四月特大号であるが、本書では、万作の会の協力を得て、稽古の最中に高橋先生のご了解を得たうえで加えられた訂正等を網羅したものが収録されている。

また、国際的にご活躍なさった高橋先生は、ご自身で「法螺侍」を英訳し、その英訳とともに、「シェイクスピアを狂言化する／狂言をシェイクスピア化する――「法螺侍」についての覚書」と題する英語論文を、ケンブリッジ大学出版局から出た『シェイクスピアと日本の舞台』という本のなかで発表なさっている (Takashi Sasayama, J. R. Mulryne, and Margaret Shewring, eds, *Shakespeare and the Japanese Stage* [Cambridge: Cambridge University Press, 1998])。

◆「まちがいの狂言」の生い立ち

「法螺侍」のときは、人物中心の翻案がなされ、どちらかというと狂言寄りの作品であったのに対し、「まちがいの狂言」は、シェイクスピアの喜劇『間違いの喜劇』のかなり忠実な翻案であるために、シェイクスピアの世界に大きく歩み寄った作品となった。登場人物が多く、スピーディーな展開で、狂言を通してシェイクスピアを楽しむ形になっている。

シェイクスピアの初期の喜劇『間違いの喜劇』は、基本的には二組の双子が出会ったために起こる騒動を描くものである。「まちがいの狂言」でも、主人公（万作さんの高弟である石田《いしだ》幸雄《ゆきお》さんが演じるので「石之《いしの》介《すけ》」）と家来の太郎冠者（萬斎さん）がどちらも双子であって、そのために取り違えが起こっていく（どちらの役も一人二役で演じるところにおもしろさがある）。

既婚の石之介と未婚の石之介が取り違えられて既婚者の夫婦喧嘩に拍車がかかるやら、金細工師とのあいだに商品を渡した渡さぬといざこざが起こるやら大騒ぎが続いていく。しかも、最後に二組の双子が一堂に会して誤解が解けるという段になって、尼寺の庵主《あんじゅ》（万作さんの弟である野《の》村《むら》万之《まんの》介《すけ》さんが演じる）が、実は主人公の父親（直介＝万作さん）の行方不明の妻であったことが判明して、いきなり家族全員が再会してめでたしめでたしという超ご都合主義的な展開となるのもこの作品のおかしさである。

といっても、軽い笑いだけの作品ではない。取り違えによって自分が自分でなくなってしまうようなアイデンティティーの喪失が問題とされ、親しかった人との人間関係が突然崩壊したり、自分がいつのまにか妙な状況に追い込まれていることに気づくなどのカフカ的・安部公房《あべこうぼう》的な不気味さを兼ね備えた芝居でもある。

特に重要なのは、主人公の石之介が登場して最初に述べるセリフに出てくる「大海の一滴」のイメージだ。自分は大海原に落ちた一滴の水のようなものであり、大海原のなかから自分の片割れである双子の兄弟を見つけることは、自分を失うにも似た行為だというのである。原作では、この「大海の一滴」のイメージが何度かくり返され、アイデンティティー喪失の不安が強調される。シェイクスピアの喜劇では、いったんそれまでの自分を見失わないと、新たな自分を見出すことはできないというモチーフがあり、この作品においても、騒ぎのなかで人々は我を忘れ、自分を失って初めて新たな人間関係を築き、大団円に至るという流れになっている。

翻案においてもそのモチーフは失われていない。しかも、原作のシラクーサ（英語発音はシラキューズ）が「白草《しらくさ》」となり、その敵国の名前が「黒草《くろくさ》」と名づけられることで、写真のネガのように、一方の世界が他方の裏側であるかのような新たな意味合いも加わった。
　白と黒の相関関係を念頭において、もう一度「ややこしや」の囃子歌を見返してみれば、「光」と「影」や、「表」と「裏」の相関関係に込められた意味合いがはっきりするだろう。「ややこしや」の囃子歌を英訳（英語字幕）つきで紹介すれば、次のようになる。

ややこしや、ややこしや　｝＊
ややこしや、ややこしや　｝
わたしがそなたで、そなたがわたし。
そも、わたしとは、なんぢゃいな。
＊くりかえし
おもてがござれば、うらがござる。
かげがござれば、ひかりがござる。
＊くりかえし
ひとりでふたり、ふたりでひとり。
うそがまことで、まことがうそか。

Ya-ya-koshi-ya!
(How complicated!)
I am you, and you are me.
But what is “I” anyway?

Back to front, inside out.
Shadow is where light is.

One is two, twins are one.
Nothing is but what is not.

◆「まちがいの狂言」上演について——

劇場に入ったとたんにお客さんも異国の黒草の地に足を踏み入れてしまったという不思議な感覚を味わってもらうために、演出の萬斎さんは、武悪《ぶあく》の面をつけた黒装束の黒草の民を開演前から劇場内に配置する。彼ら(「ややこし隊」という呼称もある)が「ややこしや」とくり返すのは、異国の言葉の珍妙さを表わすものであり、萬斎さんの留学経験がヒントになっている。高橋先生が、萬斎さんとのポスト・パフォーマンス・トークにおいて「留学したのも無駄ではなかったんですねえ」とつっこみを入れて会場の笑いをとっていたのが懐かしく思い出される。

「法螺侍」に洗濯籠の名場面があったように、この作品にも名場面がある。黒草の石之介とその太郎冠者が自宅に戻ってみると、女房は白草の石之介と昼食中で、門番となった白草の太郎冠者に締め出しをくわされる場面だ。舞台の上には、門を叩いている黒草の石之介と太郎冠者それに金細工師がおり、門の内側で門番としてがんばっている白草の太郎冠者がいなければならない。ところが、一人二役であるから、萬斎さんは瞬時にして門の外側の太郎冠者から内側の太郎冠者に変わり、また外側の太郎冠者に変わるということをくり返さなければならない。一緒にいる黒草の石之介と金細工師も、門の外から内を眺め、内から外を眺める観客の視線に応じて位置が変わる。そうしたことを、ただ所作だけで見事に表現してしまうのだから、すばらしいとしか言いようがない。

場面転換の巧みさをはじめ、演出は凝りに凝っている。たとえば、黒草の主従は舞台下手の黒い幕から、白草の主従は舞台上手の白い幕の方から登退場するという規則を設けたうえで、国籍が違う者同士で会話するときは一方が必ず面をつけているという規則を重ねるなどして、ややこしい展開を支えている。

上：劇場の通路にまで黒草の地のしるし
下：客席にまぎれこんだ「ややこし隊」

萬斎さんは「まちがいの狂言」の太郎冠者の演技と二〇〇二年六月の蜷川幸雄演出『オイディプス王』主演の演技により第十回読売演劇大賞最優秀男優賞を獲得したが、私に言わせれば（そのどちらの演技も評価に値することは認めたうえで）「まちがいの狂言」の演出でも評価されてしかるべきである。

二〇〇一年七月のロンドン公演の際、新聞に「野村萬斎の公演はロンドンで大勝利（triumph）を収めた」（『デイリー・テレグラフ』）と書きたてられたのは、まさに当然のことなのだ。ロンドンのグローブ座で演じられたこの公演は、「グローブ座の／世界的な」という二つの意味をこめて「グローバル・バージョン」と銘打ち、冒頭で述べたとおり、二〇〇二年八月野村萬斎世田谷パブリックシアター芸術監督就任記念公演として日本で再演されたわけである。

ロンドン公演前に、高橋先生から私に英語字幕を作成するようにとのお達しがあったことはすでに述べたが、そもそも「ややこしや」をなんと訳せばいいのか見当もつかず、途方にくれていたら一部を先生が訳してくださった。それを見ると、Ya-ya-koshi-ya!（How complicated!）となっている。「なあんだ、それでいいんだ」とコロンブスの卵の思いであったが、その後はほとんどすべて私が訳したものを先生にお見せしてOKを頂くという形を取った。萬斎さんはご自身の舞台でも電光掲示板のケイジ君などというものを登場させて字幕に凝っているので、字幕には、タイミングやキューなども考慮しながら、かなり気を遣った。

「まちがいの狂言」
グローブ座ロンドン公演
太郎冠者：野村萬斎（写真提供／万作の会）

その一部を紹介することで、解説の締めくくりとしたい。
まず、幕開きの直介が海難によって一家離散となったことを嘆く謡を見てみよう。これは悲しみと喜びとが光と影のように表裏一体となるこの喜劇において、非常に重要な重たい悲しみの発露となる。その厳《おごそ》かさを、字幕では四行連句の行末押韻で表した（四行すべて -ain で終わる）。

瀬戸の海、岩にさかるる帆柱の、
割れても末に会わんとぞ思う。

"Sails torn in twain,
My heart in great pain,
No desires in me remain
but hope to see him again"

なお、謡については萬斎さんの手になるものが多く、これも萬斎さんが百人一首の崇徳院の歌をもとに作ったものであることはお断わりしておかねばならない。
また、一般的な言葉遊びを字幕で表わす際にも、音で遊ぶよう努めた。たとえば、白草の石之介が「奥とは誰のことぢゃ」（Who do you mean by "my wife"?）と尋ねるときの太郎冠者の答えは、英語では By my life, your wife, who is your trouble and strife というように life, wife, strife の押韻をきかせてある。

「まちがいの狂言」グローブ座ロンドン公演
太郎冠者：野村萬斎（写真提供／万作の会）

終わりに、万作さんと万之介さんの掛け合いにより、一家再会が寿《ことほ》がれ、作品を締める重みのある大団円の謡（萬斎さんが狂言「川上」の謡を文字って考案）を紹介しよう。字幕では二行ずつ韻を踏む二行連句によって表現した。

白草の直介

これは夢かやうつつかや。寝てかさめてか
あら嬉しやな、中々に。
報われたりける浮き世かな。さて岩に割かるる
帆柱に、汝とともにすがりたる、
我が緑子の片割れは、いかなる浮き世にあらざらん。

Am I awake? Or in a dream?
With joy I want to scream,
Tempests are kind after all
for such fortune did befall.
But tell me if the other boy
is alive and well to our joy

庵主

小船にすがり助かるも、賊徒にあいて淡路島。

To Awaji Island our child
was taken by pirates wild.

親子の縁切れはてて、妾は寺に流れ着く。

Alone to this abbey I came,
and an unhappy nun I became.

こうして一家が再会を果たし、白草の太郎冠者のみが舞台に取り残されたところで、台本は終わるわけであるが、舞台の演出としては――本書のカバーデザインにも踏襲された秀逸な宣伝美術にもあるように――萬斎さんが面を相手としながら、独りで「ややこしや」を謡って終わることになる。

上：グローブ座ロンドン公演の宣伝美術
下：グローバル・バージョンの宣伝美術

「まちがいの狂言」グローバル・バージョン
太郎冠者：野村萬斎
（撮影／石川純）

「ややこしや」は萬斎さんのおかげでよく知られるようになったが、そもそもシェイクスピア作品を狂言化するという、東西の古典を両方とも深く理解して初めてできる快挙をなし遂げた高橋先生の才能の非凡さに改めて驚かされる。

なお、「野村萬斎世田谷パブリックシアター芸術監督就任記念公演『まちがいの狂言』グローバル・バージョン／英語字幕付」のＤＶＤは、オンラインで発売されている（製作・販売　世田谷パブリックシアター）ので、すでに観劇なさった方もそうでない方も、クローズアップやさまざまなカメラアングルの入った「まちがいの狂言」をご覧になることをぜひお奨めしたい。

「まちがいの狂言」の初出は二〇〇二年八月『ＰＴ ex　パブリックシアター・エクストラ』（世田谷パブリックシアター発行）であるが、本書では、万作の会の協力を得て、稽古の最中に高橋先生のご了解を得たうえで加えられた訂正等を網羅したものが収録されている。万作の会のご尽力に感謝したい。

最後に、本書を世に出してくれた白水社の和久田頼男氏にお礼を申し上げる。彼のお子さんも「ややこしや」をお歌いになるという。願わくば、大勢の子供たちの「ややこしや」の大合唱が、天国の高橋先生にまで届きますように。

二〇〇三年十月

東京大学助教授　河合《かわい》祥一郎《しょういちろう》

上演記録《じょうえんきろく》

「法螺侍《ほらざむらい》」

A Kyogen Falstaff THE BRAGGART SAMURAI

（シェイクスピア『ウィンザーの陽気な女房たち』の翻案）

［キャスト］

洞田助右衛門：野村万作

太郎冠者：野村武司（萬斎）

次郎冠者：月崎晴夫

焼兵衛：野村万之介

お松：石田幸雄

お竹：小川七作

後見：野村良乍

［囃子方］

笛：一噌幸弘

太鼓：吉谷潔

［スタッフ］

作：高橋康也

演出：野村万作

美術：磯崎新、宮脇愛子

照明：照井芳男

舞台監督：小美濃利明

（キャスト、スタッフについては初演時のみ記載）

[上演日程]

一九九一年五月八〜十一日　野村万作演出、東京グローブ座にて万作の会初演

八月十一日　東京開催の国際シェイクスピア学会時にも東京グローブ座にて再演

十一月八・九日　英国カーディフのセント・スティーヴンズ・プレイスにて再演

十一月十二・十三日　ロンドンのマーメイド劇場にて再演

一九九二年一月二十七日　水戸芸術館ACM劇場にて再演

一九九四年三月四・五日　香港芸術祭

三月九〜十二日　アデレイド・フェスティヴァル参加

三月十七日　ウェリントン・ステート・オペラ・ハウスにて再演

四月十二日　東京パナソニック・グローブ座にて再演

一九九五年十二月八・九日　大阪・MIDシアターにて再演

十二月十一・十二日　東京パナソニック・グローブ座にて再演

一九九七年九月二十三日　赤崎神社楽桟敷（長門）にて再演

十二月十〜十二日　ジャパン・ソサエティー九〇周年記念公演（ジャパン・ソサエティー）

十二月二十日　万作の会アメリカ公演帰国記念公演（三鷹公会堂）として再演

一九九八年三月十四日　彩の国さいたま芸術劇場にて再演

十月十三日　早稲田大学演劇博物館七十周年記念公演（大隈講堂）として再演

一九九九年五月十一〜十四日　新宿狂言vol.6（スペース・ゼロ）にて再演

二〇〇二年一月二十六日　NHK衛星第2放送にて放映

「まちがいの狂言《きょうげん》」

THE KYOGEN OF ERRORS

（シェイクスピア『間違いの喜劇』の翻案）

［キャスト］

白草の直介：野村万作
薮右衛門・庵主お恵美：野村万之介
白草の太郎冠者・黒草の太郎冠者：野村萬斎
白草の石之介・黒草の石之介：石田幸雄
お熊：深田博治
お菊：高野和憲
金次郎：月崎晴夫
領主：石田淡朗
太郎冠者（ダミー）・使ひの者：竹山悠樹
石之介（ダミー）・黒草の民・従者：破石晋照
黒草の民・従者：時田光洋
お力・警吏：小美濃利明
後見：小川七作、野村良作
黒草の民はカンパニーによって演じられる

［囃子方］

笛：松田弘之、槻宅聡
太鼓：桜井均

［スタッフ］

作：高橋康也
演出：野村萬斎
美術：堀尾幸男
照明：金英秀
プロダクション・マネージャー：眞野純
舞台監督：山本園子
演出助手：小美濃利明
プロダクション・マネージャー助手：白石良高
舞台監督助手：勝康隆、森映、岡村滝尾
美術助手：尼川ゆら
衣裳スーパーバイザー：阿部朱美
照明操作：松本直み、中山奈美
機械操作：福田純平、森本真紀
大道具製作：（株）井手口、（株）村上舞台機構、（有）C-COM舞台装置

小道具製作：野村良作
衣裳製作：篠原直美
協力：日本大学芸術学部演劇学科
劇場技術スタッフ：熊谷明人、田中力也、西村充、大野道乃、高円敦美、豊口謙次、中村恭子、鈴木美枝子
宣伝美術：有山達也
宣伝写真：久家靖秀
ヘアメイク：右近了（UNRU）
CG：マッハ55号
制作：穂坂知恵子、万作の会
広報：笛木園子
票券：ぷれいす
制作協力：門脇真由子
主催：万作の会、くりっく世田谷文化生活情報センター
企画制作：万作の会＋世田谷パブリックシアター
（キャスト、スタッフについては初演時のみ記載）

［上演日程］
二〇〇一年四月二十一～二十八日　野村萬斎演出、世田谷パブリックシアターにて万作の会初演
七月十八～二十二日　ロンドンのグローブ座にて再演
十月二十一・二十二日　びわ湖ホールにて再演
十一月二十・二十一日　りゅーとぴあ新潟市民芸術文化会館にて再演
十二月七日　ノバホール（筑波）にて再演
二〇〇二年三月十三日　小倉市民会館にて再演
八月十～二十二日　「グローバル・バージョン」として世田谷パブリックシアターにて再演
十二月二十一日　NHK衛星第2・土曜シアター「まちがいの狂言――グローバル・バージョン」放映（世田谷パブリックシアター公演、二〇〇二年八月収録）
二〇〇三年三月　世田谷パブリックシアターからオンラインでDVD発売

カバーデザイン　有山達也
カバー写真　久家靖秀
カバーＣＧ　マッハ55号

協力　万作の会

高橋康也《たかはしやすなり》（1932－2002）東京大学名誉教授，元昭和女子大学教授．国際シェイクスピア学会副会長，日本英文学会会長，日本シェイクスピア協会会長を歴任し，日英文化交流への貢献を称えられて，英国よりＣＢＥ勲章を受章．シェイクスピア研究およびベケット研究の第一人者．『不思議の国のアリス』ブームを仕掛けるなど，知性に裏打ちされた言葉遊びに造詣が深い．著書に『エクスタシーの系譜』（あぽろん社，1966；筑摩書房，1986），『ノンセンス大全』（晶文社，1977），『橋がかり』（岩波書店，2003）ほか，監修書に『ベケット大全』（白水社，1999）ほか，訳書に『ベケット戯曲全集』（共訳・白水社，1967－86），『ベケット伝　上巻・下巻』（共訳・白水社，2003）ほか多数．

まちがいの狂言《きょうげん》

二〇〇三年一一月二〇日第一刷発行
二〇〇三年一二月一〇日第二刷発行

著者 © 高橋康也
発行者 川村雅之
発行所 株式会社白水社
電話 〇三-三二九一-七八一一（営業部） 七八二一（編集部）
住所 〒一〇一-〇〇五二 東京都千代田区神田小川町三-二四
http://www.hakusuisha.co.jp
振替 〇〇一九〇-五-三三二二八
印刷所 株式会社理想社
製本所 松岳社株式会社青木製本所
乱丁・落丁本は送料小社負担にてお取り替えいたします。

Prnted in Japan

ISBN4-560-03580-6